Silvano Bertazzoni

Mindy

Ai miei genitori
Umberto e Carmela
per tutto ciò
che mi hanno dato

Mindy

1

Un uomo e una donna, abbracciati l'uno all'altra, poggiati sul cofano anteriore di una macchina, sorridono. La calda luce di un elegante abat-jour, si rispecchia, in parte, sul vetro della raffinata cornice di cristallo Swarovski, che contiene la fotografia. Un piccolo mobile, molto elegante, come tutto l'arredamento del salotto, accoglie entrambi gli oggetti, insieme a un vecchio telefono a fili, stile vintage.

La luce bluastra del cielo si propaga nella stanza attraverso l'unica finestra, pervadendola di un tenue chiarore serale. Sullo sfondo di quel blu morente, la sagoma di un uomo, lo stesso che sorride nella fotografia, guarda fisso qualcosa che non c'è, non davanti a lui, come se un'allucinazione proponesse ai suoi occhi immagini orribili. Non sa da quanto tempo è lì. Il tempo, per lui, è un parametro che non esiste più.

Lentamente si alza e inizia a muoversi nella stanza. Solo qualche passo, prima di fermarsi vicino al cadavere di una donna stesa sul pavimento, la cui testa è circondata da un'aureola di sangue. È la stessa donna che sorride con lui nella foto. Sullo spigolo del tavolino, situato tra due poltrone, nel mezzo della stanza, c'è una macchia di sangue, non ancora rappreso. Segno evidente, che la donna è appena stata uccisa. L'uomo guarda quel cadavere per alcuni secondi, poi, lentamente, inizia a guardarsi intorno. Per terra, vicino alla finestra, una piramide di cristallo rivela l'uso improprio che ne è stato fatto da qualcuno, poco prima. Lo sconosciuto, guarda quell'oggetto e istintivamente si porta una mano dietro la nuca. Tasta con le dita tra i capelli. Un ghigno di dolore compare subito sulle sue labbra e in un lampo ritrae la mano. L'uomo osserva attentamente i polpastrelli delle dita, alla ricerca di sangue, ma non ne vede. Il dolore appena provato, lo riporta immediatamente alla realtà. Ora si rende conto del guaio in cui si trova, e il suo pensiero, adesso, è uno solo: fare in fretta. Sì, deve fare in fretta, molto in fretta, perché si trova nella casa della donna che ha appena ucciso. Prende il fazzoletto che ha nella tasca della giacca e inizia a cancellare le impronte delle sue mani dai braccioli della poltrona, ma ci ripensa. Si guarda intorno velocemente. Sulla superficie del tavolino, poco distante dallo spigolo sporco di sangue, ci sono tre cellulari. Un cinque pollici con lo schermo touch screen e altri due, molto più piccoli, con il display e la tastierina tradizionale. Due di quei cellulari, quello con il touch screen e uno con la tastierina, appartenevano alla vittima, l'ultimo dei tre, a lui. Devono sparire tutti. Senza esitare oltre, si gira su sé stesso ed esce dalla stanza.

L'uomo entra in cucina. È un ambiente nuovo per lui, perché prima di quella sera, non aveva mai messo piede in casa della sua ex amante. Sì, strano a dirsi, lei, Elena, la donna che giace sul pavimento del salotto priva di vita, era stata la sua amante per più di un anno e lui, Stefano, non aveva mai messo piede in casa sua prima di quella sera. Lei voleva così, e a lei, era molto difficile dire di no, ma quella sera, lo aveva invitato perché doveva esserci tra loro un chiarimento, per definire la loro situazione e lui, dopo una lunga serie di rifiuti, aveva ceduto e accettato quell'invito. Non l'avesse mai fatto!

Nonostante che per lui l'ambiente sia nuovo, Stefano trova subito quello di cui ha bisogno. Fissato sul muro c'è un portarotolo di carta assorbente, e sul tavolo una busta di plastica, con dentro ancora la spesa. Stefano va verso il portarotolo, prende il primo foglio e lo tira a sé, sfilandone molti altri. Quando la quantità gli sembra sufficiente, afferra l'ultimo della coda e lo strappa, con un gesto secco da destra a sinistra, evitando in questo modo di lasciare delle impronte, se non sui fogli strappati e dei quali si servirà. Poggia la carta assorbente sul tavolo, dove, un secondo dopo, rovescia il contenuto della busta di plastica afferrandola per i lati.

Riprende, quindi, i fogli di carta assorbente con una mano, tenendo la busta nell'altra ed esce dalla cucina.

In salotto, facendo uso della carta assorbente, Stefano cancella le sue impronte dai braccioli della poltrona. Adesso è la volta della piramide di cristallo, la causa del suo dolore alla testa, anche se, per fortuna, non è ferito, ma solo contuso, quindi: non ci sono macchie del suo sangue da pulire. Piegandosi su sé stesso, per non correre il rischio d'essere visto da qualcuno che passa lungo la strada, Stefano va verso la piramide di cristallo, che si trova esattamente sotto la finestra. Stefano guarda la macchia di sangue. Per lui rappresenta un nemico insidioso. Guai a calpestarla. Sarebbe un addio alla possibilità di far apparire tutto come un incidente domestico. Della qual cosa, dentro di sé è già poco convinto. La macchia di sangue, arriva quasi sotto la finestra, ma anche verso il centro della stanza, essendosi propagata sia lateralmente sia longitudinalmente, rispetto alla posizione del corpo. Stefano riesce comunque a raccogliere la piramide di cristallo senza inconvenienti, usando la carta assorbente come un guanto. Poggia l'oggetto sul bordo del tavolino, anche se il punto dove si trovava, prima d'essere usata per scopi decorativi, non era esattamente quello, bensì quasi al centro. Stefano se ne ricorda benissimo, ma in quel momento decide che lì, in quel punto, va bene lo stesso. L'importante è che non venga ritrovata sul pavimento e che non ci siano impronte di nessun genere sulla sua superficie, sempre nella speranza che appaia come un incidente domestico. A quel punto è la volta dei cellulari. Stefano li prende, li apre uno per volta, estrae le tre memory card, le piega fino a renderle inutilizzabili e le mette nella busta di plastica, insieme ai pezzi di carta assorbente che ha appena usato e ai componenti dei cellulari che ha smontato. Adesso gli rimane da fare la cosa più importante; il ritratto fotografico, dove è immortalato al fianco di Elena: deve sparire.

Prende la cornice dal mobile, toglie la fotografia e la guarda. Lui e lei abbracciati e sorridenti, in un momento di felicità. Gli sembra impossibile, che sia accaduto veramente, eppure erano proprio loro due, quando tutto sembrava perfetto e senza fine, ma s'illudevano entrambi. Soprattutto lei. Stefano, poggia la fotografia contro il telefono d'epoca e, per una frazione di secondo, rimane indeciso su cosa fare di quella cornice, mentre Elena, da dentro l'immagine, sembra sorridere divertita per questa sua indecisione. Stefano ne ha una identica a casa, regalatagli proprio da Elena. Ne aveva comprate due identiche. Lo stesso giorno, per loro due, "...uguali come le nostre anime", aveva detto lei, "...perché noi siamo anime gemelle."

Stefano si guardò bene dallo smentire

quell'affermazione, lo fece per quieto vivere, anche se lui non si sentiva per niente la sua anima gemella. Adesso, però, almeno una delle due cornici, doveva sparire. Elena le aveva acquistate solo dopo che il figlio ventenne era partito per l'Accademia Militare di Modena. Neanche lui, il figlio, sapeva del loro rapporto. Decise che avrebbe fatto sparire la sua. Il pensiero di farle sparire entrambe, chissà perché, non lo sfiorò neppure. Con gli ultimi fogli di carta assorbente, Stefano cancella le sue impronte dalla cornice, che poi ripone dentro un cassetto del mobile sul quale era poggiata, ripulendo poi con cura il pomello, prima di richiuderlo. In quel momento, lo squillo del telefono situato sul ripiano vicino all'abat-jour, irrompe nella stanza facendolo sobbalzare. Stefano fissa per qualche secondo l'apparecchio telefonico senza muoversi, come fosse paralizzato. Per un attimo riesce a non provare nulla, ma è l'attimo prima che il panico esploda dentro di lui prendendo il sopravvento. Senza riflettere, afferra la fotografia, la strappa a metà e se la mette nella tasca destra della giacca. Non si accorge, però, che un pezzo è rimasto quasi completamente fuori dalla tasca e che è sul punto di cadere. Dopodiché afferra la busta di plastica, ci mette dentro il foglio di carta assorbente che ha appena adoperato per cancellare le sue impronte, e fugge via dal salotto, come se temesse l'arrivo di qualcuno da un momento all'altro.

Raggiunta la porta d'ingresso, estrae dalla tasca dei pantaloni il fazzoletto con il quale avvolge la maniglia prima di abbassarla, aprire la porta e uscire da quell'abitazione che per lui ormai rappresenta l'inferno.

Una volta fuori, prima di ogni altra cosa, controlla il viale. È libero. Sempre servendosi del fazzoletto, afferra la maniglia esterna, chiude la porta d'ingresso alle sue spalle e si avvia verso il cancello, tenendo in una mano il fazzoletto e nell'altra la busta di plastica.

Ha appena aperto il cancello, quando il passaggio improvviso di una macchina lo costringe a piegarsi sulle ginocchia per non essere visto. Passato il pericolo, Stefano si rialza ed esce dal giardino. Mentre oltrepassa il piccolo cancello, urta con il fianco destro il battente dell'anta. Stefano non se ne cura, del resto apparentemente non ce n'è motivo. Non s'è accorto, però, che la parte della fotografia sporgente per più della metà dalla tasca destra, a causa di quel banale urto, è caduta dentro il giardino. Stefano chiude il cancello tirandoselo dietro con un braccio, mentre controlla che lungo la strada non ci sia nessuno, quindi, senza accorgersi di nulla, se ne va lasciando lì, dentro il giardino, la mezza fotografia che ritrae Elena.

Continuando a guardarsi intorno, Stefano raggiunge il cassonetto dei rifiuti, che si trova a metà strada tra casa sua quella di Elena, apre rapidamente lo sportello e vi butta dentro la busta di plastica. I tre cellulari, le memory card e la carta assorbente della quale si era servito per cancellare le sue impronte, sarebbero sparite per sempre. A farlo ci avrebbe pensato la nettezza urbana, alle 6,30 della mattina successiva. Questo Stefano si augurava, sperando che nessuno scoprisse il cadavere prima di quell'ora.

Stefano attraversa la strada. Casa sua si trova infatti sul marciapiede opposto, a circa cento metri da quella di Elena. Neanche due minuti dopo è dentro il suo giardino. Stefano tira un sospiro di sollievo, finalmente è al sicuro.

2

Stefano guarda la sua immagine riflessa nello specchio del bagno, senza riconoscere la persona che vede. Il mattino di quello stesso giorno, mentre si radeva, vedeva un uomo di quarant'anni, attraente, con una professione ben avviata, al quale la vita sorrideva. Ora, ciò che vede, è il volto di un assassino. Questo era adesso l'Architetto Stefano Landi. Si tocca ancora una volta la nuca con la mano sinistra e ancora una volta non può trattenere una smorfia di dolore, ma non c'è traccia di sangue. Per non correre rischi, si toglie comunque la camicia e la poggia, insieme al fazzoletto e ad altri panni sporchi, dentro il cestello della lavatrice, avviandola subito dopo. Poi, in canottiera e pantaloni, va nello studio, dove, in bella evidenza sul suo tavolo da lavoro, c'è la cornice Swarovski uguale a quella che era in casa di Elena, con dentro la medesima fotografia. Stefano la toglie dalla cornice ed esce dallo studio portandola con sé.

La fotografia è ora ridotta in tanti piccoli

frammenti che galleggiano nell'acqua del water. Stefano poggia il pollice sul pulsante dello sciacquone, ma qualcosa lo trattiene dal premere. Si ricorda in quel momento che le foto da far sparire sono due e non una. I resti dell'altra, quella che lui ha strappato in due a casa di Elena, sono nella tasca destra della giacca.

Consapevole del fatto che il tempo stringe e che da un momento all'altro gli eventi potevano precipitare, mettendo la parola fine alla sua esistenza di uomo libero, Stefano torna velocemente in salotto, prende la giacca dallo schienale della poltrona e infila la mano nella tasca destra, convinto di trovare i due pezzi della foto che ha strappato; ma con sua grande sorpresa, invece, scopre che ne manca uno. Quello dove compare Elena.

Animato da un'assurda speranza, cerca anche nella tasca sinistra, pur sapendo che lì non lo troverà. Ricorda perfettamente di aver infilato le due metà nella tasca destra della giacca, ma nonostante questo ricordo sicuro, controlla anche nelle tasche dei pantaloni, non si sa mai, dice a sé stesso, rifugiandosi nell'illusione. Stefano si rende conto che cominciava a dare i numeri. Lui, nelle tasche dei pantaloni, non teneva mai niente, perché, diceva, gli oggetti nelle tasche dei pantaloni ne deformano la linea. Era una questione di stile. Adesso, però, la verità che non voleva accettare, lo metteva con le spalle al muro:

aveva perso la metà della fotografia, dove compariva il suo braccio sinistro, che cingeva le spalle di Elena. Anche se lui non compariva per intero, era comunque rischioso. Avrebbe fatto sparire il maglione che indossava. La targa della macchina non era visibile. Presto o tardi però, sarebbero risaliti a lui comunque e lui doveva essere pronto a contrastare qualunque contestazione. Sapeva che anche se non fossero riusciti a incriminarlo, il danno d'immagine lo avrebbe distrutto. Doveva assolutamente ritrovare la metà della fotografia che mancava. Dominandosi, inizia a riflettere su dove poteva averla persa.

Le possibilità si riducevano a quattro:
- in casa di lei, e per lui sarebbe stata la fine;
- oppure nel suo giardino. La dimensione del problema rimaneva identica, ma poteva tentarne il recupero;
- lungo la strada mentre tornava a casa, la doveva solo ritrovare e raccogliere senza essere visto;
- l'ideale, sarebbe stata ritrovarla dentro il suo giardino o, meglio ancora, nel corridoio di casa sua.

In questi ultimi due casi: doveva solo farla sparire.

Senza indugiare oltre, percorre il tratto che porta dal salotto all'inizio del corridoio, cercando con gli occhi sul pavimento. Purtroppo il risultato di quella breve perlustrazione è negativo. La mezza foto non c'è. Ora, tra le soluzioni fortunate, gli rimane solo da controllare il breve tratto che va dal cancello all'entrata dell'appartamento. Accende le luci del giardino, apre la porta d'ingresso ed esce all'esterno, fermandosi poco oltre la soglia. Senza spostarsi, guarda attentamente il tratto che collega la porta d'ingresso al cancello, sperando di vedere l'altra metà della fotografia. Niente. Non c'è. Fine delle soluzioni fortunate. Stefano sente la paura crescere dentro di lui. Gli tornano in mente gli squilli del telefono mentre si trovava in casa di Elena. Il tempo stringe e lui non ne ha da perdere. Veloce come un fulmine, sale al piano superiore, entra nella stanza da letto e indossa una tuta da ginnastica. Se ci fosse stata gente in giro, avrebbe finto di fare jogging, come spesso faceva. Tornato in salotto, il suo sguardo si posa sulla mezza fotografia, che ha momentaneamente posato sulla poltrona. La guarda per un attimo, indeciso su cosa farne. La soluzione più semplice sarebbe distruggerla, ma qualcosa in lui lo trattiene, qualcosa d'inspiegabile. Come se distruggerne una sola parte, rendesse incompleta l'operazione. Infatti è così, ma non gli procurerebbe nessun danno, anzi, l'unica cosa che si trovava in casa sua e che lo poteva collegare a Elena, sarebbe scomparsa per sempre...ma perché non lo aveva fatto a casa di Elena, si domandò in quell'istante provando rabbia contro sé stesso, per essersi lasciato vincere dall'emotività quando il telefono aveva cominciato a squillare. Aveva perso ogni controllo e messo in tasca i resti della fotografia portandola con sé, invece di farla scomparire lì direttamente, gettandone i resti nel water. Ormai è inutile recriminare. Lì fuori, oltre il giardino di casa sua, da qualche parte c'era l'altra metà della fotografia che ritraeva Elena poggiata sulla sua macchina, e anche se la targa non si vedeva, qualora l'avessero trovata, comunque sarebbero arrivati fino a lui. Non doveva correre questo rischio, quindi torna nel bagno e nasconde la mezza foto dietro lo specchio. Preme il pulsante dello sciacquone e prima di andarsene, rimane a controllare che tutti i frammenti dell'altra fotografia, vengano risucchiati dal vortice d'acqua.

Stefano esce correndo dalla porta di casa sua. Ha in mano la cornice Swarovski vuota che finirà insieme all'altra nel cassonetto della nettezza urbana. Arrivato al cancello si ferma. Aiutato dalla luce dei lampioni, guarda attentamente le zone ben illuminate, in cerca dell'altra metà della foto. Purtroppo non c'è, o per lo meno, non riesce vederla. Mentre sta ancora aguzzando gli occhi, nella speranza di riuscire a vedere nelle zone in cui la luce dei lampioni si attenua diventando più fioca, gli vengono in aiuto i fari di una macchina che passa e illumina completamente sia la strada sia il marciapiede. In quei pochi secondi, Stefano ha modo di controllare il tratto che intercorre tra la sua abitazione e quella di Elena, ma l'esito, ancora una volta, è negativo. L'altra metà della fotografia non c'è, quindi: l'ha persa in casa di Elena. Sì, ma dove: nell'abitazione? O nel giardino? Se era caduta dentro l'appartamento, doveva prepararsi al peggio. Non avrebbe potuto neanche tentare di recuperarla, e dal momento in cui avrebbero scoperto il cadavere, per lui sarebbe iniziato il conto alla rovescia. Se invece era nel giardinetto, avrebbe avuto una possibilità. Soprattutto se era caduta vicino al cancelletto. E a quel punto addio indizi contro di lui.

L'unica novità a lui favorevole, è una macchina parcheggiata lungo il marciapiedi, quasi davanti all'entrata della villa di Elena. E se la foto si trovasse tra il breve tratto che separa la macchina dal cancelletto della villa? Perché no! Quel pensiero, produsse come un flash nella mente di Stefano, che ricordò il momento in cui era uscito dal giardino, e aveva urtato contro la parte fissa del cancelletto. Sì, era più che probabile che fosse lì.

Animato da una nuova speranza, di sicuro più concreta delle altre, Stefano si guarda intorno prima di uscire in strada. Poco distante, un'anziana signora, sta innaffiando il suo giardino. Stefano non la conosce bene. Sa solo che si chiama Luisa e che è una grande ficcanaso. Per fortuna la donna è di spalle e non lo può vedere. Oltre a lei, non c'è nessun altro in giro. Fino a quel momento la fortuna sembra essere dalla sua parte. Senza esitare oltre, Stefano esce dal giardino, attraversa la strada e si avvia verso la casa di Elena, stando bene attento a non richiamare l'attenzione della signora Luisa. Durante il percorso, si ferma vicino al cassonetto dei rifiuti e lascia cadere al suo interno la cornice, accompagnandola con il braccio fin dove riesce, prima di lasciarla andare del tutto, limitando, in questo modo, il rumore prodotto dall'impatto con il fondo del cassonetto. Subito dopo prosegue verso l'abitazione della sua vittima.

Stefano, percorre gli ultimi metri che lo separano dall'entrata della villetta, perlustrando il marciapiedi con un'attenzione addirittura esagerata, nonostante la situazione. Sembrava che stesse cercando un microbo, invece della metà di una fotografia formato 18 x 24. Fino a quando, in prossimità del piccolo cancello, ebbe un sussulto, perché a pochi metri da lui, poco oltre le sbarre, vide ciò che stava cercando. La metà mancante della foto era lì. Recuperarla sarebbe stato un gioco da ragazzi. Stefano si avvicinò al cancello, non prima di essersi guardato rapidamente intorno ancora una volta. La fortuna sembrava sorridergli, lungo la strada non c'era nessuno e la signora Luisa, dal punto in cui si trovava, non lo poteva vedere. Immediatamente si piega sulle ginocchia e infila una mano attraverso le sbarre, pregustando la fine di un incubo. Ciò che poteva distruggere la sua vita e che lui aveva perso, stava per tornare nelle sue mani. Stefano si piegò sulle ginocchia e infilò una mano attraverso le sbarre. È quasi sul punto di prendere l'altra metà della foto, quando qualcosa molto vicino a lui e vagamente simile a un lieve lamento, lo fa voltare di scatto.

A pochi passi da lui, una graziosa barboncina con il pelo bianco, lo osserva mugolando sommessamente. Colto di sorpresa, Stefano rimane immobile nella posizione in cui si trovava, a guardare la cagnolina. Non è la prima volta che Stefano la vede. Aveva notato già da molto tempo quel grazioso animale, quando la sua padrona la portava fuori per la passeggiata serale. Stefano era rimasto colpito da quella ragazza, che doveva avere oltre trent'anni e si era ripromesso di conoscerla. Disgraziatamente per lui, però, quella era la situazione meno indicata per fare la sua conoscenza, anzi, temeva di vederla comparire da un momento all'altro, per questo non osò neanche alzare un po' la testa, per timore di ritrovarsela lì, poco oltre la macchina, intenta a raggiungere la sua cagnolina. In quel preciso istante, una voce femminile dal tono imperativo, irruppe in quel silenzio serale: "Mindy! Mindy!". È lei: la padrona della barboncina. Con molta cautela, Stefano si solleva quel tanto che basta, per vedere, attraverso i vetri della macchina, la ragazza che desiderava tanto conoscere. La donna ha un guinzaglio in mano e continua a chiamare la barboncina, sempre più a voce alta. Dietro la macchina, Mindy mugola un po' più forte, ma non si muove. Stefano cerca di farla andare via, intimandole a bassa voce: "Via! ...Via! ...Vattene!" Mindy mugola un po' più forte, ma non si muove. Tutto questo, mentre i passi della donna si fanno sempre più vicini. Il tono di Stefano è severo, ma la barboncina, scodinzolante e per nulla intimorita, rimane lì, a fissarlo come se si aspettasse qualcosa da lui. Secondo dopo secondo, il rumore dei passi si fa sempre più forte. Stefano si rende conto che la donna farà la sua comparsa da un momento all'altro, e che dovrà in qualche modo giustificare la sua presenza dietro la macchina. Si sdraia allora sul marciapiedi e inizia a massaggiarsi il braccio sinistro, modificando l'espressione del viso in una smorfia di dolore, come se fosse caduto a terra, il tutto sotto lo sguardo incuriosito di Mindy, che ha smesso di mugolare. La giovane donna, intanto, ha quasi raggiunto la macchina. Ancora un passo o due e troverà Mindy che fa la guardia a Stefano, steso per terra e fintamente dolorante, quando un'altra voce femminile irrompe in quell'atmosfera farsesca, pronunciando ad alta voce un nome di donna:

"Arianna!... Arianna!"

È la voce della signora Luisa, che chiama la padrona di Mindy, salvando Stefano dall'imbarazzo di quell'incontro, che sarebbe stato a dir poco anomalo.

"Buona sera signora Luisa. Come sta?"

Arianna si è fermata. Stefano sospira. Mindy non fa niente, limitandosi a guardare quello strano individuo sdraiato per terra, che non accenna a rialzarsi.

"Sto bene, grazie. Vieni qua che facciamo due chiacchiere. È un po' che non ci vediamo."

Arianna s'incammina verso la signora Luisa.

"L'avevo vista anche prima, ma non l'ho disturbata perché sta innaffiando."

"Ma quale disturbo. Figurati!"

Tirando un sospiro di sollievo, Stefano sente i passi di Arianna via via sempre più lontani. Rimane così ancora qualche secondo, prima di sollevarsi quel tanto che basta, per vederla mentre raggiunge la signora Luisa. Poi si abbassa di nuovo, allunga con decisione il braccio in mezzo alle sbarre del cancello e recupera il pezzo di fotografia. Subito Mindy, senza mostrare timore, gli si avvicina festosa, come se la cosa raccolta da Stefano, fosse un regalo per lei, magari qualcosa da mangiare. A quel punto Stefano, per timore che si metta ad abbaiare, accarezza Mindy con dolcezza. La barboncina risponde prima leccandogli il viso e subito dopo cercando con il suo musetto, la mano che tiene il pezzo di fotografia. Stefano è costretto ad accettare quel gioco e sventola delicatamente, con la mano destra, il pezzo di fotografia davanti al naso della barboncina, tenendola a bada con la sinistra, fino a quando, con uno scatto improvviso, Mindy lo addenta strappandoglielo dalla mano e fugge via, senza che lui abbia il tempo di fare qualcosa.

"È un po' che non ti vedo. Come mai?"
Con queste parole, la signora Luisa inizia a informarsi sulle ultime novità che riguardano la vita Arianna.

"Ultimamente vado spesso a trovare mia madre. Non sta molto bene."

"Gli anni che passano sono un problema per tutti…" - interrompendosi, la signora Luisa aggrotta le sopracciglia osservando qualcosa che si trova alle spalle di Arianna.

"Cos'è successo al tuo cane?"
Arianna si volta e vede Mindy passare di corsa. La barboncina ha qualcosa in bocca, anche se non distingue cosa. Temendo che abbia in bocca un animale morto, come spesso era successo, Arianna interviene.

"Mindy! Mindy! Vieni qui!"
Il tono severo usato da Arianna, sortisce l'effetto di spaventare Mindy, che per tutta risposta accelera la sua corsa verso il cancello.

Con evidente preoccupazione, Arianna si rivolge alla sua vicina:

"Accidenti! Vado a vedere cos'ha raccolto. Spero che non sia un animale morto. È già successo altre volte. Li nasconde in casa, ed io non riesco a trovarli fino a quando non sento il cattivo odore. Mi scusi."

"Non ti preoccupare, continueremo la nostra chiacchierata un'altra volta." risponde comprensiva la signora Luisa.

Proprio in quel momento Mindy imbocca il cancello aperto della villa, percorre tutto il giardino ed entra in casa attraverso una gattaiola, situata nella parte bassa del finestrone che porta in salotto.

Mindy va direttamente verso il camino, sotto il quale c'è un paiolo di rame, appeso per il manico, al gancio di una struttura dello stesso materiale. Il suo significato è chiaramente ornamentale, come dimostra la pulizia tutt'intorno a quell'oggetto. La barboncina si nasconde lì, continuando a tenere in bocca il pezzo di fotografia.

Nascosto dietro la macchina, Stefano ha visto e sentito tutto. Rimane ancora lì, immobile, fino a quando sente sbattere la porta dell'abitazione di Arianna, prima di alzarsi e spiare, con molta cautela, se c'è qualcun altro in strada o in qualche giardino. Tutto tranquillo. C'è solo la signora Luisa che ha appena smesso di annaffiare.

Approfittando del fatto che è tutta indaffarata a mettere a posto il tubo di gomma, Stefano esce dal suo nascondiglio e s'incammina velocemente verso casa sua.

Mindy se ne sta accucciata sotto il camino. Stringe tra i denti il pezzo di fotografia. Appena sente la chiave che gira nella toppa della serratura, si alza in fretta, per il timore d'essere scoperta con la prova del suo misfatto ancora in bocca e cerca, alzandosi sulle zampe posteriori, di farlo cadere dentro il paiolo, poggiandosi sul bordo con le zampe anteriori, ma il movimento troppo brusco, fa muovere il grosso oggetto, togliendo il punto d'appoggio alla barboncina, che ricade in avanti. Mindy sente la porta d'ingresso che si chiude e i passi di Arianna sempre più vicini. Nervosamente guarda verso il punto da cui provengono, poi, ringhiando con rabbia, guarda di nuovo il paiolo, che ancora dondola sotto l'effetto della sua involontaria spinta, rendendo vano per lei ogni tentativo di potervisi poggiare e lasciar cadere dentro la mezza foto. Con un balzo, raggiunge, allora, il portaccessori per la pulizia del camino. La struttura di quel contenitore è piuttosto pesante e stabilmente poggiata sul pavimento. Questa volta Mindy non ha difficolta ad alzarsi sulle zampe posteriori, poggiarsi sul bordo del portaccessori con quelle anteriori e lasciar cadere al suo interno la metà della fotografia che ha sottratto a Stefano.

Subito dopo va a nascondersi dietro una poltrona, proprio un attimo prima che Arianna compaia in salotto. Arianna nota subito il paiolo che oscilla come fosse un pendolo. Cerca con lo sguardo Mindy, poi afferra il paiolo per il manico, lo toglie dal gancio e tira fuori tutto quanto trova al suo interno, cioè il braccio di una bambola, una penna mezza rotta e il ciondolo di un portachiavi. Rimette il grosso recipiente al suo posto sotto il camino, prima di riprendere a chiamare Mindy con voce severa:

"Mindy. Dove sei. Vieni subito qui!"
Timidamente, la barboncina esce dal suo nascondiglio, con la coda in mezzo alle gambe e quasi strisciando sul pavimento con il ventre, dimostrando, in quel modo, il suo pentimento. Arianna le fa vedere gli oggetti raccolti nel paiolo.

"Cos'è questa roba!... Allora?"
Mindy, mugolando si sdraia sul dorso sollevando le zampe verso l'alto, in segno di totale sottomissione, chiedendo in quel modo perdono. Arianna, difronte a quel comportamento, non resiste ed esplode in una gran risata. Mindy, difronte a quella reazione, si rende conto che il momento peggiore è passato, si alza e comincia a saltare festosamente intorno alla sua padrona. Arianna la prende in braccio e mentre la stringe affettuosamente a sé, vede, attraverso i vetri del finestrone, che la signora Luisa è ancora in giardino. Arianna esce in giardino tenendo

Mindy con un braccio e gli oggetti rinvenuti nella mano dell'altro.

"Signora Luisa?"

Appena la signora Luisa si volta, alza l'altro braccio per farle vedere gli oggetti ritrovati.

"Guardi cosa ho trovato! Chissà quale dì questi aveva in bocca stasera?".

Non visto e seduto su una sedia di plastica all'interno del suo giardino, Stefano sente tutto. Si era seduto lì, per riflettere. Non aveva voglia di rientrare in casa. Il suo problema era lì fuori, non tra le mura di casa sua, ed era rappresentato dal quel pezzo di fotografia, attraverso il quale potevano arrivare a lui e collegarlo all'omicidio. Lo doveva recuperare a ogni costo.

"Che roba è?"

A quella domanda della signora Luisa, Stefano divenne attentissimo, era sul punto di sapere se Arianna aveva trovato la mezza fotografia.

"Il braccio di una bambola, una penna mezza rotta e il ciondolo di un portachiavi."

"Niente animali morti, allora."

"No, per fortuna. Solo dei regali per me." ironizza Arianna sorridendo.

"Dove li aveva nascosti?"

Anche questa era una domanda molto interessante, per Stefano e la risposta lo sarebbe stata ancora di più.

"Erano dentro il paiolo di rame che ho sotto il camino. Chissà quale di questi aveva in bocca stasera."

Adesso Stefano sapeva che l'altra metà della foto, per ora, non era finita nelle mani di Arianna. Era ancora in casa sua. Nascosta da Mindy chissà dove e lei la poteva trovare da un momento all'altro. Cosa che lui, forse, poteva impedire... già, ma in che modo?

"Mi aveva detto d'aver finito di innaffiare." osservò Arianna.

"Macché! Non si finisce mai. Ne rimane sempre una da fare." afferma con tono lamentoso la signora Luisa.

"No. Sei tu che ne trovi sempre una da fare." commenta il marito, che nel frattempo era uscito in giardino.

"Buona sera signor Fausto."

"Buona sera, Arianna."

"Mi dispiace. Sono stata io a trattenere sua moglie."

"Conoscendola, non deve essere stato difficile." Rivolto a sua moglie:

"Guarda che a tavola è tutto pronto ed io avrei un po' di fame."

"Sei solo buono a mangiare e a guardare la televisione."

"E a cucinare. Non te lo dimenticare."

"Ma va. Per una volta che fai qualcosa."

"Dopo ti scrivo l'elenco di tutte le altre cose che faccio ogni giorno e lo appendo sul muro in camera. Così lo leggi prima di dormire."

"Finalmente potrò fare qualcos'altro, in camera. Sono anni che ci dormo e basta."

"Perché, cos'altro ci vorresti fare?"

Non era la prima volta che Arianna assisteva a un battibecco tra loro. Ne avevano di continuo. Ogni volta era così. Si rapportavano l'uno all'altra in quel modo, senza nessuna inibizione. Erano di una simpatia unica e lei li adorava.

"Allora! Vieni o no? In tutto il quartiere, solo noi dobbiamo ancora cenare." le fa notare marito riportandola sull'argomento iniziale.

"Vengo, vengo." lo asseconda la moglie, prima di rivolgersi ad Arianna:

"Ciao Arianna. Uno di questi giorni vieni a prendere un caffè da noi."

"Volentieri. Buona cena." conclude Arianna prima di rientrare in casa anche lei.

Da un punto riparato del suo giardino, Stefano osserva Arianna mentre rientra in casa. Adesso, per mettersi l'anima in pace, almeno per il momento, deve fare una piccola verifica nel giardino di Arianna. Accertatosi che lungo la strada non vi sia nessuno, esce dal giardino e s'incammina lungo il marciapiedi, guardandosi cautamente intorno ogni tre o quattro metri. Ostenta una camminata disinvolta, tranquilla, ma è nervoso. Se la Polizia lo avesse interrogato in quel momento, avrebbe confessato subito. Chissà cosa sarebbe successo, quando lo avrebbero interrogato. Accidenti! Stava già pensando al peggio. Se ne rendeva conto, ma non riusciva a farne a meno. Era certo che con le prove oppure no, sarebbero arrivati a lui.

Accompagnato da questi pensieri, Stefano arriva difronte al cancello della villa di Arianna. Per fortuna le luci del giardino sono accese. Stefano osserva centimetro per centimetro il giardino, nella speranza di scorgere il pezzo di fotografia eventualmente perso dalla barboncina, poiché Arianna, secondo l'elenco da lei fatto alla signora Luisa, in casa non l'aveva trovata.

Improvvisamente sente Mindy abbaiare. Istintivamente Stefano alza lo sguardo e vede la barboncina oltre il vetro del finestrone. Abbaia perché l'ha visto. In breve Mindy esce all'esterno attraverso la gattaiola e corre, abbaiando e scodinzolando, verso di lui. Non sarebbe passato molto tempo, prima che anche Arianna facesse la sua comparsa. Lui non poteva permettersi un incontro con lei, non quella sera e non se stava curiosando davanti al cancello della sua villetta, sarebbe stato costretto a fornire una spiegazione improvvisata e in un momento come quello, nulla doveva essere improvvisato. Ogni cosa che lo riguardava doveva essere lineare, compatibile con la sua vita di tutti i giorni e avere un senso esplicito. Non dovevano esserci stranezze o cose insolite, in quello che avrebbe fatto nelle prossime ore, perché al momento del ritrovamento del cadavere, potevano contribuire a orientare l'attenzione su di lui, trasformandolo nel sospettato numero uno fin dal primo momento. Non avrebbero di certo sbagliato, se fosse andata così, ma lui doveva fare in modo di non aiutarli.

Mentre Stefano si allontanava quasi correndo, dall'interno della villetta sentì la voce spazientita di Arianna che chiamava il suo cane:

" Mindy. Mindy."

Pochi secondi dopo aprì il finestrone e fece la sua comparsa in giardino. Appena fuori, Arianna osserva la barboncina che, ignorando la sua presenza, continua ad abbaiare verso l'abitazione di Stefano. Arianna le si avvicinò e guardò anche lei in quella direzione. A quel punto, Mindy smise di abbaiare. Per un momento regnò il silenzio in tutto il quartiere. Neanche il rumore lontano di una macchina che passa o la voce di qualcuno del vicinato attutita dalle pareti. Un attimo di quiete assoluta, irreale e proprio per questo inquietante. Arianna guarda Mindy, la prende in braccio e inizia ad accarezzarla sussurrandole dolcemente:

"Cosa c'è che non va? Che cosa hai visto? In quella casa non ci sono cani." Improvvisamente, si sente il rumore di una porta che si chiude e Arianna, istintivamente, guarda verso la villetta di Stefano. È da lì che le era sembrato provenisse il rumore, ma non c'è nessuno. Una sensazione di forte disagio, come se lei corresse un imperscrutabile pericolo, la pervase tutta.

Stefano, in quel momento si trova nel suo salotto. Pesantemente si lascia cadere su una poltrona, pensando che, per fortuna, era riuscito a raggiungere la porticina laterale che si trova nel box macchina, e a entrare in casa senza essere visto da Arianna. Ora doveva riflettere. Certo. Come no. Era talmente fresco e riposato, che avrebbe di sicuro trovato la soluzione migliore per uscire da quella situazione. Questo fu il suo ultimo pensiero, prima di sprofondare in un sonno disturbato da incubi.

3

Mentre il cielo attenuava lentamente le sue luci, davanti alla villa di Elena Zampi, un camion dei pompieri e due macchine della polizia, attorniate da una piccola folla che formava un semicerchio circoscrivendo quel breve tratto di strada, annunciavano a Stefano, che dalla finestra del suo studio stava osservando tutto, l'imminente scoperta del cadavere di Elena.

Vicino a una macchina della Polizia di Stato, una donna di oltre trent'anni anni, bella ed elegante, parla con un Ispettore.

"Ho suonato il campanello per almeno mezz'ora. Non risponde. È successo qualcosa, me lo sento."

"La signora Zampi vive sola?"

"Adesso sì. Il suo unico figlio frequenta il primo anno all'Accademia Militare di Modena."

"Non c'è qualcuno cui potremo chiedere le chiavi dell'abitazione."

"Penso che non le avesse neanche il figlio."

Intanto due pompieri sono entrati nel giardino della villa e hanno posto una scala estensibile di legno, sotto la finestra del salotto. Un pompiere inizia a salire rapidamente lungo la scala.

Poco lontano, tra la piccola folla, che si sta facendo sempre più numerosa, ci sono anche la signora Luisa e il marito.

Stefano, attraverso la finestra, osserva tutto con attenzione. Non erano passate neanche ventiquattr'ore, da quando aveva ucciso Elena. Ancora un po' e l'avrebbero trovata. Doveva stare calmo ed essere pronto a tutto. Non si poteva permettere cedimenti. Anche un piccolo errore poteva costargli caro. Tra le persone che continuavano a infoltire l'insieme dei curiosi, vede Arianna raggiungere e unirsi alla signora Luisa e al marito. Era l'occasione che aspettava. Senza esitare neanche un attimo, prende la giacca ed esce da casa. La sera prima, a quell'ora, Elena era ancora viva.

La signora Luisa, intanto, invocando non si sa quale santo, auspica:

"Speriamo che non sia successo niente di grave."

"Spera il contrario, invece. Così avrai un argomento in più di cui parlare." la stuzzica suo marito.

"Meno male che hai parlato. Mi ero dimenticata

che ci fossi anche tu."

Arianna sorride senza farsi notare. Erano alle solite. Come sempre. Non sarebbero stati diversi neanche se si fossero trovati sotto un bombardamento.

In quel momento, il pompiere che è salito sulla scala, guarda attraverso i vetri della finestra, ma il chiarore serale che riverbera all'interno della casa, non è sufficiente a illuminare l'ambiente. Il pompiere usa allora la torcia elettrica.

Il potente cono di luce si muove lungo la stanza indagando nella semioscurità, alla ricerca di una risposta che giustifichi il silenzio di Elena Zampi, durante le ultime ventiquattro ore. Spostandosi dal divano al tavolino, il fascio di luce illumina gli oggetti che si trovano sul ripiano, fatto con una piastra di marmo antico in nero, sul quale risalta la piramide di cristallo, messa lì, lungo il bordo del lato inferiore, la sera prima, da Stefano. Ma è su uno spigolo, quello destro, se il punto di vista adottato è quello della finestra, che il pompiere trova un indizio, e da quell'indizio, arriva alla risposta che cerca, perché in quel punto: vi è una macchia di sangue, piccola, ma ben visibile. L'ampia circonferenza del cono di luce, si sposta allora sul piccolo tratto di pavimento, che percorre il lato destro del tavolino, scoprendo due gambe di donna. A quel punto, il pompiere orienta il fascio di luce sul pavimento, rivelando un po' per volta il corpo di Elena, fino ad arrivare alla testa, girata verso il lato sinistro, con i capelli immersi in un'enorme macchia di sangue raggrumato. L'uomo ha trovato la risposta che cercava. Elena Zampi è morta. Per questo non rispondeva alle chiamate.

"Vedi qualcosa?" gli domanda il suo collega da sotto la scala. Il pompiere fa un cenno di assenso con la testa, mentre con tono professionale risponde:

"È stesa per terra. C'è molto sangue intorno alla testa. Sembra morta." subito dopo, più veloce di quando è salito, il vigile del fuoco scende e raggiunge il Maresciallo che comanda la squadra, al quale ripete la descrizione appena fatta al suo collega.

"Rompi il vetro ed entra." è la risposta perentoria del suo superiore.
Subito dopo, rivolgendosi all'Ispettore intervenuto sul posto con la volante, aggiunge:

"Dopo tutte queste ore, sarà sicuramente morta."
L'Ispettore della Polizia di Stato annuisce e dice:

"Lo credo anch'io." poi, rivolto a uno degli agenti, ordina:

"Lo comunichi alla centrale. Che facciano venire la scientifica."

Detto questo, l'Ispettore si avvicina alla dipendente di Elena Zampi e, sotto lo sguardo attento di tutti i curiosi presenti, le parla brevemente. Immediatamente un grido di dolore si leva lungo tutto il quartiere.

"Nooo! Nooo!" La donna perde i sensi. Prontamente l'Ispettore la afferra prima che cada a terra.

"Fate venire un'ambulanza." dice l'Ispettore rivolto ai suoi uomini.

Il grido disperato e lo svenimento della donna, è la prova definitiva, per tutti i presenti, che in quella casa è avvenuta una terribile disgrazia. L'Ispettore, aiutato da un altro poliziotto e da un vigile del fuoco, adagia la donna sul sedile posteriore della macchina di servizio.

Stefano è a pochi metri da loro e ha visto tutto.

"Ci siamo" pensa mentre prosegue verso il punto in cui si trova Arianna, che in quel momento sta commentando quanto ha appena visto.

"Sembra proprio che sia successo qualcosa di brutto."

"Mamma mia, proprio qui, nel nostro quartiere." esclama la signora Luisa.

"Mah! Io me ne vado. Il resto lo leggerò sul giornale domani." dice suo marito iniziando ad allontanarsi, prima di aggiungere: "Buonasera, Arianna."

"Buona sera signor Fausto."
Avendo cura che il marito non la senta mentre si allontana, la signora Luisa dice ad Arianna:

"Queste cose lo turbano. Fa il cinico, ma in

realtà è molto sensibile."

Intanto, il pompiere incaricato, ha rotto il vetro, aperto la finestra e sta entrando nell'appartamento.

In quel momento, Stefano raggiunge Arianna e la signora Luisa. Come se fosse lì per caso, chiede ad Arianna:

"Mi scusi, sa dirmi cos'è successo?"

Arianna lo guarda con sorpresa. Aveva notato quell'uomo già da diversi mesi. Sa che è un Architetto e che si chiama Stefano Landi. Lo aveva letto sulla targa del suo cancello. Era un po' che desiderava conoscerlo. Del resto anche Stefano, da parte sua, desiderava da tempo la stessa cosa e quella circostanza, per quanto triste, era l'occasione che entrambi aspettavano. Superando l'effetto sorpresa, Arianna risponde:

"La signora che abita in quella villa, Elena Zampi, la famosa stilista, - a queste parole Stefano annuisce come per dire che sa chi è - questa mattina non si è fatta vedere nel suo atelier e non risponde al telefono. Ha visto quella ragazza che è svenuta?

"Sì."

"È una sua dipendente. È lei che ha dato l'allarme."

"Vedi cosa significa vivere da sole. - s'intromette la signora Luisa - Noi donne non dovremmo mai stare sole. Siamo troppo vulnerabili. Lo dico sempre anche a mio marito, di non lasciarmi da sola."

"Ma se sta sempre in casa." risponde Arianna spezzando una lancia in favore del marito.

"Perché glielo impongo io. Altrimenti chissà dove andrebbe. Lo conosco bene io. Altro che, se lo conosco. E comunque, quella Elena Zampi, non mi è mai piaciuta." sentenzia concludendo il suo intervento.

"Chissà cosa le è successo, poverina." interviene Arianna, cercando di farle capire, con stile, che il suo commento è poco appropriato.

"Lo svenimento della sua dipendente è un brutto segno." aggiunge Stefano.

"È vero. Io temo che presto riceveremo la peggiore delle notizie." condivide Arianna.

"Sarò insensibile, ma lo ripeto: a me quella donna non è mai piaciuta. È strana. Sta troppo sulle sue. Mai una parola con qualcuno, mai un sorriso. Abita lì da quasi due anni e mezzo e non ha stretto amicizia con nessuno." insiste la signora Luisa senza perdersi d'animo, poi, come se fosse assalita da un ricordo improvviso, guarda dritto negli occhi Stefano, e con tono indagatore, come se sospettasse qualcosa, aggiunge:

"Anche lei è venuto ad abitare qui nello stesso periodo. E anche lei è un tipo che ama stare per conto suo."

Detto questo, la signora Luisa guarda Stefano intensamente, come se volesse studiare la sua reazione. Anche Arianna lo osserva con molta attenzione. Un sentimento di paura assale Stefano. Il cuore inizia a battergli all'impazzata. In quel momento ha l'impressione che le due donne sospettino di lui. Ha paura di rispondere. Teme di tradirsi e di confermare i loro sospetti. Ma...quali sospetti. Se la morte di Elena non è ancora stata divulgata. Di colpo reagisce e risponde alla signora Luisa, buttandola sullo scherzo:

"La verità è che io sono un serial killer che uccide le donne anziane che vivono sole, e poi le fa sparire. Anzi, facevo tutto questo fino a poco tempo fa, ora ho messo la testa a posto e sono diventato un bravo ragazzo. Adesso le aiuto ad attraversare la strada."

"Non faccia lo spiritoso. Io non ho molto senso dell'umorismo." lo aggredisce la signora Luisa.

"Su, non se la prenda così. Non le volevo mancare di riguardo. E mi dispiace che lei mi veda come una persona che non vuole socializzare. La verità è che noi non abitiamo in un condominio, ma in case separate. Così è difficile fare conoscenza. Ecco perché."

"Si trovi una donna, piuttosto, invece di fare lo spiritoso. Un uomo senza una donna non è nessuno." infierisce ancora la signora Luisa, facendogli capire, senza remore, cosa pensa di lui, dopodiché distoglie lo sguardo, e torna a osservare quello che accade difronte alla villa di

Elena Zampi. Arianna sorride a Stefano in segno di solidarietà, mentre da lontano si sente la sirena di un'autoambulanza farsi sempre più vicina. Il battibecco con la signora Luisa, ha aiutato Stefano ad allentare la tensione e uscire dal quel terribile blocco emotivo che lo aveva sopraffatto, nel momento in cui, in modo del tutto irrazionale, aveva sentito il peso del sospetto su di sé. La signora Luisa, ora osservava l'operato della polizia, ignorando Arianna e Stefano. Stefano capisce il messaggio e decide di togliere il disturbo.

"Credo che sia arrivato il momento di andarmene."

"Ma no. Perché. Rimanga, invece. Così non dovrà chiedere altre informazioni. Vedrà tutto in prima persona."

Stefano, piacevolmente sorpreso dal comportamento di Arianna, accetta il suo invito a rimanere.

"Ha ragione. Resterò qui a vedere cosa succede."

Arianna e Stefano si scambiano un sorriso complice, mentre la signora Luisa, che ha sentito tutto, guarda altrove ostentando indifferenza.

In quel momento, all'inizio della strada compare l'autoambulanza. Il mezzo si ferma dietro una macchina della polizia, mentre, in lontananza, si sente il rumore di altre sirene, ma questa volta si tratta di macchine della polizia.

Due infermieri e una dottoressa scendono dal mezzo di soccorso. Un poliziotto va loro incontro e li guida verso la macchina di servizio, dove si trova la donna che ha perso i sensi.

Il rumore delle sirene, adesso, è diventato assordante.

"Ma cosa sarà successo in quella casa." si domanda con tono preoccupato Arianna.

"Sono sicuro che è stata uccisa." risponde Stefano sorprendendo sé stesso, per quello che ha appena detto.

"Spero che lei si sbagli." risponde Arianna.

Né lei né lui, però, si sono accorgono che la signora Luisa, un attimo dopo che Stefano si è detto sicuro che Elena era stata uccisa, si è girata verso di lui e da allora lo sta fissando. Non provava nessuna simpatia per Stefano, questo era fin troppo evidente. Il suo sguardo, però, in quel momento non manifestava antipatia. In quel momento, la sua antipatia si era trasformata in sospetto. Perché se Elena Zampi era morta, come tutto lasciava credere: lui come poteva essere convinto che era stata uccisa?

Le sirene di quattro volanti, capeggiate da un'Alfa Romeo con il lampeggiante sulla cappotta, irrompono nel quartiere rubando la scena ai colleghi che li avevano preceduti. Le macchine si fermano tutte lungo il tratto di strada davanti alla villa di Elena Zampi. Dall'Alfa Romeo scende un uomo in giacca e cravatta, alto, asciutto e dai modi sicuri, il quale, rivolto a un gruppo di agenti, impartisce:

"Transennate la zona e allontanate i curiosi."

Gli agenti si muovono verso la piccola folla di curiosi, invitandoli ad arretrare. Dal punto in cui si trova, Stefano osserva attentamente il comportamento di quell'uomo, così autoritario e privo d'incertezze, e mentre cerca di capire quale sia il suo ruolo…

"Sa chi è quello?" gli domanda Arianna, come se gli avesse letto nel pensiero.

"No."

"È il Commissario Antonio Marini. È un Commissario molto stimato. Sa il fatto suo. Il suo nome compare spesso sui giornali, ed è sempre legato a qualche caso importante."

"Poveretto chi gli capita sotto, allora – poi, cambiando discorso - ma sbaglio, o continua a darmi del lei. Per quanto mi riguarda possiamo darci del tu."

"Va bene. Dammi del tu." risponde Arianna sorridendo.

"Fai altrettanto." risponde Stefano sorridendo a sua volta.

"Allora, piacere, mi chiamo Stefano Landi e abito nella villa dopo la tua."

"Piacere, mi chiamo Arianna Conti e abito nella villa prima della tua." conclude Arianna. Entrambi si guardano negli occhi, mentre continuano a sorridersi sotto lo sguardo diffidente della signora Luisa.

Il Commissario Antonio Marini sta facendo il punto della situazione con l'Ispettore che è arrivato sul posto per primo.

"Allora, mi dica quali sono gli elementi che avete raccolto."

"La vittima si chiamava Elena Zampi, oggi non si è…"

"Questo lo so."

Lo interrompe bruscamente il Commissario. Poi, indicando la finestra aperta e con il vetro rotto al primo piano, sotto la quale c'è ancora la scala dei pompieri, prosegue:

"È quello il locale dove è stato rinvenuto il cadavere?"

"Sì."

"È salito a dare un'occhiata?"

"No. Mi ha descritto la scena il pompiere che è entrato. Ho ritenuto opportuno aspettare l'arrivo della scientifica, per non correre il rischio di inquinare le prove."

"E risparmiarsi la vista di un cadavere. Dov'è questo pompiere."

"È quello lì." risponde l'Ispettore, indicando il vigile del fuoco che è entrato nell'appartamento per primo.

In quel momento, l'attenzione del Commissario Marini, cade sui due infermieri che stanno aiutando la collaboratrice di Elena Zampi a camminare. La donna, nel frattempo, ha ripreso i sensi, ma è ancora molto provata e i due paramedici la stanno aiutando a salire nell'autoambulanza.

"Chi è quella donna." domanda il Dottor Marini all'Ispettore.

"Si chiama Luciana Curreri. È una dipendente della vittima. È stata lei a dare l'allarme."

"Dopo le voglio parlare."

In quel momento, sei operatori della polizia scientifica in tuta bianca, entrano nel giardino della villa.

Nella stanza dove Elena Zampi era stata uccisa, un latente odore di morte iniziava a diffondersi in tutto il locale. Il responsabile della Polizia Scientifica, sta riassumendo l'esito dei primi rilievi espletati, al Commissario Marini.

"Come vede è stesa per terra tra il tavolino e il divano. Intorno alla testa c'è una macchia molto grande di sangue. Ce n'è una anche su uno spigolo del tavolino. Sembra che abbia sbattuto la testa cadendo."

"Un incidente domestico, insomma." conclude il Dottor Marini.

"Da quanto è emerso finora, pare di sì. Non sembra che si sia difesa da qualcuno."

"A volte le vittime non ne hanno il tempo." replica il Commissario. Poi, muovendosi verso la porta, aggiunge:

"Vado a interrogare la dipendente della vittima. Se trovate qualcosa chiamatemi."

Il Dottor Marini è ora seduto affianco alla lettiga sulla quale è distesa Luciana Curreri, all'interno dell'autoambulanza. Il medico gli ha detto che può interrogare la paziente.

"Signorina Curreri, se la sente di rispondere a qualche domanda?" la donna fa cenno di sì con la testa.

"Quando ha parlato per l'ultima volta con la signora Zampi?"

"Ieri sera, al negozio. Poco prima che se ne andasse."

"Che ora era."

"Circa le 18,00."

"Andava sempre via a quell'ora?"

"No. Ieri sera è andata via prima della chiusura."

"Per quale motivo?"

"Ha detto che aveva un impegno."

"È capitato altre volte che andasse via prima della chiusura?

"Raramente. E ancor più raramente arrivava in ritardo. Ma c'era sempre un valido motivo, quando accadeva." puntualizza la donna.

"Quindi, oggi, quando non l'ha vista arrivare, le è subito parso strano."

"Sì. Soprattutto perché non aveva avvertito. Elena era una donna metodica. Le variazioni improvvise, nella sua vita, avevano una percentuale pari allo zero. Per lei l'unica cosa che contava era l'organizzazione, perché produce efficienza. Era il suo motto. L'organizzazione produce efficienza. Se vuoi essere efficiente, sii organizzato. Lo diceva sempre."

"Questo, è uno dei due motivi, per cui ha mandato suo figlio all'accademia militare."

Luciana Curreri guarda il Dottor Marini senza capire, poi domanda incuriosita:

"Il secondo motivo qual è?"

"Per toglierselo di mezzo."

"Lei fa presto a giudicare." replica infastidita la donna.

Senza scomporsi il Commissario va avanti con le domande:

"Lavorava per lei da molto tempo?"

"Undici anni." afferma la Curreri, con voce triste.

"Com'erano i vostri rapporti."

Luciana Curreri sospira, poi si volta verso il Dottor Marini e lo guarda. Era evidente che quella domanda la infastidiva. Avrebbe preferito non dover rispondere, ma in questo modo, se Elena era stata uccisa, poteva complicarsi la vita, così finisce per ammettere:

"Non erano facili. Elena non rendeva la vita facile a nessuno. Ma dopo tanti anni ci si può affezionare anche a una persona come lei, pur sapendo che quest'affetto non sarà mai ricambiato."

"Sa dirmi se aveva un amante?"

"No. – risponde infastidita Luciana – Non sono in grado di dirglielo. Elena era gelosissima della sua vita privata."

"Nella vita di ognuno di noi, c'è sempre qualcuno che ci conosce un po' di più degli altri. Lei conosce il nome di questa persona, nella vita di Elena Zampi?"

Luciana guarda l'uomo che ha difronte con astio. Era arrogante, duro e insensibile. Si vedeva fin dalla prima occhiata, che per lui contava solo il lavoro e che per raggiungere il suo scopo era disposto a passare sopra a tutto e a tutti, senza tener conto dei loro sentimenti. Questo però, non le impedì di essere collaborativa e di dire a quel poliziotto quel poco che sapeva:

"Si chiama Annamaria Rinaldi. È una sua amica. L'unica che abbia mai avuto, credo. È l'ex moglie…"

"Di un famoso costruttore. Sì, la conosco. Grazie. Per ora è tutto. – conclude il Commissario mentre si alza per andarsene. - Appena può venga in questura per la deposizione. Buona sera." aggiunge subito dopo, mentre inizia a scendere le scalette del mezzo di soccorso. In quel momento Luciana Curreri lo chiama:

"Commissario."

Il Dottor Marini si ferma e la guarda.

"L'hanno uccisa, vero?" domanda lei, trattenendo le lacrime.

"Non lo sappiamo ancora."

Detto questo, il Commissario Marini esce dall'ambulanza.

Attorno al cadavere di Elena Zampi, gli uomini della scientifica si danno un gran daffare, per repertare ogni elemento presente sulla scena, di quello che, al momento, poteva ancora rivelarsi un incidente domestico. Il Commissario Marini, osserva con estrema attenzione, quel corpo privo di vita ancora steso sul pavimento, mentre il responsabile della squadra di esperti, lo sta aggiornando su quanto è emerso da quando lui si era assentato, per andare a interrogare la dipendente di Elena Zampi:

"Deve essere scivolata all'indietro e aver battuto la testa."

"La posizione delle braccia, entrambe molto vicine al corpo e il modo in cui ha urtato contro lo spigolo, sono compatibili con una caduta secca all'indietro. Come se fosse stata colpita sulla guancia destra. Ma sulla guancia destra non ci sono segni che giustifichino questa ipotesi. Bisognerà controllare la guancia sinistra." suggerisce il Dottor Marini.

"La logica dice che la guancia colpita è quella che rimane visibile. La testa non gira in senso inverso rispetto al punto d'impatto del colpo."

obietta l'uomo della scientifica.

"Certo, ma, sempre ragionando con logica, cadendo all'indietro la testa ha sbattuto contro lo spigolo del tavolino. L'urto potrebbe aver modificato la posizione finale. La ferita prodotta dall'urto della testa contro lo spigolo, come può vedere, è ben visibile. Ora, se la traiettoria della caduta è quella impressa dal colpo, la ferita non dovrebbe essere visibile, poiché la testa dovrebbe essere girata in modo da coprire la ferita, invece è girata in senso opposto. Intendo dire, che l'impatto con lo spigolo del tavolino, potrebbe aver modificato il movimento impresso dal colpo alla testa. È solo una supposizione, naturalmente."

"Lo verificheremo appena sarà possibile muovere il cadavere."

Dopo questo breve scambio di ipotesi con il responsabile della scientifica, il Commissario Marini si avvicina alla finestra e guarda all'esterno. In quel momento sta arrivando una macchina di servizio della Polizia di Stato, dalla quale scende il Sostituto Procuratore della Repubblica, Domenico Licandro.

Era contento che fosse lui di turno, quella sera. Avevano già lavorato insieme altre volte, e si era trovato bene. Concentrando poi la sua attenzione sul nutrito gruppo di curiosi che sostano davanti alla villa, il Dottor Marini nota la presenza di alcuni fotografi, e di qualche giornalista che fa domande ai presenti. Osservando quella piccola folla, incrocia, casualmente, lo sguardo di Stefano. I due uomini si fissano, senza sapere perché. Tutto va avanti per diversi secondi, mentre, in lontananza, Mindy abbaia per richiamare l'attenzione di Arianna.

4

ASSASSINATA ELENA ZAMPI
MISTERIOSO DELITTO DELLA FAMOSA
STILISTA
A DARE L'ALLARME È STATA UNA DELLE
SUE DIPENDENTI DOPO CHE PER TUTTA LA
GIORNATA LA VITTIMA NON SI ERA FATTA
SENTIRE

Con questo titolo a sei colonne e un ritratto fotografico di Elena Zampi al centropagina, uno dei quotidiani più importanti della capitale riportava la notizia della sua morte.

La Polizia aveva già accertato che la morte della famosa stilista, non era la conseguenza di un incidente domestico, ma di un omicidio. Seduto su una sedia del suo studio, Stefano guarda la prima pagina di quel quotidiano, poggiato sul ripiano del suo tavolo da lavoro. Sopra una mensola poco distante, una piccola radio sta trasmettendo il notiziario e non ci vuole molto, prima che la voce impersonale del giornalista radiofonico annunci:

"...La nota stilista Elena Zampi, vedova, di anni 55, titolare dell'omonima marca di abbigliamento, è stata assassinata. L'omicidio è stato consumato nell'elegante villetta di proprietà della vittima, nel quartiere residenziale dove viveva. La morte risale a due giorni fa, ma il cadavere è stato scoperto soltanto nella serata di ieri..."

Stefano allunga una mano, prende il giornale e osserva con attenzione la foto della prima pagina. Non l'aveva mai vista prima. Rimane lì a fissare il bel volto sorridente di Elena che lo guarda, mentre il giornalista radiofonico prosegue impietosamente il suo resoconto:

"...La morte è stata istantanea. L'esame medico legale, ha accertato, inoltre, che sulla mascella sinistra della donna vi era il segno evidente di un colpo ricevuto..."

Stefano apre il quotidiano e legge le pagine interne relative al fatto. C'è anche una fotografia del figlio ventunenne di Elena. Le successive parole del giornalista radiofonico, per quanto prevedibili, scuotono profondamente Stefano:

"...una fotografia, mancante da una cornice vuota, rinvenuta all'interno di un mobile del salotto, farebbe supporre che l'identità dell'assassino, sia legata alla sua scomparsa..."

Scosso da queste ultime parole, Stefano getta via il giornale, si alza di scatto e spegne la radio. Com'erano potuti arrivare a una supposizione del genere. Chi o cosa li aveva messi su questa strada. Le uniche persone che avevano visto quella foto erano lui ed Elena. Era stata lei a dirglielo. Neanche il figlio poteva averla vista. Elena l'aveva esposta in casa solo dopo che lui era partito per l'Accademia Militare e ancora non era mai tornato in licenza. Forse Elena ne aveva parlato con qualcuno? No, non era possibile. Anche perché Elena era troppo orgogliosa, per raccontare in giro d'essere stata mollata da un'amante più giovane di lei. Si sarebbe resa ridicola. Lei temeva molto il giudizio della gente, soprattutto quando poteva distruggere l'immagine che si era creata nel corso degli anni. L'immagine di una donna forte e tutta d'un pezzo, che otteneva tutto quello che voleva. No. Era solo un'ipotesi degli investigatori. Un'ipotesi con la quale avevano fatto centro, è vero, ma senza trovare la fotografia. Altrimenti sarebbero già andati da lui. Cercando di porre fine a quel turbinio di pensieri, Stefano torna a sedere. Vorrebbe pensare ad altro. Il problema è: trovare la forza per riuscirci. Vinto dalla disperazione, punta i gomiti sul tavolo e si prende il viso tra le mani.

5

Arianna sta passeggiando lungo il marciapiede del suo quartiere. Libera dal guinzaglio, Mindy la precede annusando ogni angolo, prima di fermarsi davanti al cancello della villa dove Elena Zampi è stata uccisa. Arianna raggiunge la barboncina e, mentre Mindy annusa il breve spazio antistante al cancello, il suo sguardo si ferma sul foglio di carta bianca, contenuto in una cartella di plastica trasparente, affisso sopra le sbarre.

PROCURA DELLA REPUBBLICA DI ROMA
IMMOBILE SOTTOPOSTO A SEQUESTRO

Arianna lo guarda attentamente, come se volesse leggervi i fatti accaduti dentro quell'abitazione, e non può fare a meno di alzare gli occhi verso la finestra del salotto. Lì, dove è avvenuto il delitto. Il delitto di una donna che viveva sola, proprio come lei. Questo pensiero la fa rabbrividire. A quella donna, non era accaduto niente, finché con lei c'era anche il figlio, poi, dopo che lui era partito per l'Accademia Militare, qualcuno, un predatore, che probabilmente già la teneva d'occhio chissà da quanto tempo, era passato all'azione e aveva posto fine alla sua esistenza. O, forse, le cose non erano andate in quel modo. Forse si trattava di un furto finito male. Sì, il solito ladro colto sul fatto. Restava, però, da spiegare com'era riuscito a farsi ricevere in casa, poiché tracce d'effrazione non ce n'erano.

"Ciao, Arianna."

Queste parole, pronunciate da una voce garbata e non nuova, interrompono le preoccupate riflessioni investigative di Arianna, facendola girare di scatto. Stefano è lì, davanti a lei, cordiale e sorridente.

"Ciao, Stefano" risponde lei con lo stesso garbo e sorridendo a sua volta.

"Questi fatti, quando li leggiamo sul giornale, fanno un effetto diverso. Come fossero dei racconti. Qualcosa che non ci toccherà mai." afferma lui indicando con la testa la serranda abbassata, della stanza dove circa quarantotto ore prima ha ucciso Elena Zampi.

"È vero, sembra che debbano succedere solo agli altri."

Mindy ha sentito la voce di Stefano, e sta correndo verso di lui agitando festosamente la coda.

"Ciao Mindy."

"Come sai che si chiama Mindy?"

Colto di sorpresa da quella domanda, Stefano ha un attimo di esitazione, ma subito si riprende.

"Ti ho sentito molte volte mentre la chiamavi."

Chiarisce Stefano accarezzando la barboncina, che nel frattempo si è avvicinata a lui e gli ha poggiato le zampe anteriori sulla sua gamba.

"Già! Ormai tutti conoscono il suo nome, qui nel quartiere."

"È un animale dolcissimo. Complimenti."

"Mi fa dannare, altro che."

Stefano sorride e guarda intensamente, Arianna che ricambia il suo sguardo.

L'oscurità è ormai prossima, Stefano e Arianna stanno camminando da un po', l'uno affianco all'altra, con Mindy che li precede di qualche metro, annusando ovunque.

"Sono figlia unica. Dopo la laureata in economia e commercio, ho cominciato a far pratica nello studio di mio padre, fino a quando ha deciso di lasciare l'attività a me. Era in pensione già da diversi anni, ma continuava a lavorare. Aveva ormai settant'anni. Lui e mia madre, si erano ritirati in una casa di nostra proprietà, nel paese dove sono nati entrambi. Mio padre è morto tre anni fa per un infarto. Neanche mia madre sta molto bene. Spesso, durante i fine settimana, vado da lei."

"Nessun impegno sentimentale? Se non sono indiscreto." domanda Stefano senza esitare.

Arianna lo guarda sorridendo.

"No. Nessun impegno sentimentale. L'ultima storia è finita due anni fa. Lui era un investigatore privato."

"Un lavoro interessante."

"Sì. Era un amico con un lavoro interessante. Non ne ero innamorata. Questa è la verità, quindi era inutile andare avanti. Tutto qui."

"E lui come l'ha presa."

"Senza farne un dramma. È uno con il pelo sullo stomaco. Se n'è fatto subito una ragione" Arianna chiude il discorso su sé stessa, spostandolo su Stefano:

"Adesso tocca a te parlare."

"È vero. Dunque…"

Quel discorso tra Stefano e Arianna, non è un fatto privato tra loro due e basta, ma è anche fonte di interesse per la signora Luisa, che dalla finestra di casa sua li sta osservando. Lasciando per un attimo il suo posto di vedetta, la loro vicina di casa si allontana dalla finestra e rivolta al marito, che guarda la televisione tranquillamente seduto sulla poltrona, dice:

"Non mi piace."

"Che cosa non ti piace." le domanda lui con tono seccato, aspettandosi il solito, inutile, pettegolezzo.

"Quel Landi. L'architetto. Sta parlando con Arianna."

"E allora?"

"Non mi va"

"È a lei che deve andare. Non a te."

"Quel tipo non mi piace."

"Ancora."

"Sì, ancora. Ti dico che non mi piace."

"Ed io ti ripeto che non deve piacere a te. Prepara da mangiare, piuttosto."

"Pensi solo a mangiare."

"E ad accompagnarti a fare la spesa, ad aiutarti a tenere pulita la casa e più di qualche volta anche a fare da mangiare."

"Che grand'uomo!"

Conclude la signora Luisa tornando a sbirciare Stefano e Arianna dalla finestra, mentre il marito, rassegnato, torna a concentrarsi sulle notizie televisive.

In quel momento, Stefano sta facendo ad Arianna la sintesi di quanto le ha appena raccontato su di lui.

"Come vedi abbiamo delle cose in comune. Sono un libero professionista. Adoro Mindy. – Arianna sorride - A differenza di te, però, ho perso entrambi i genitori."

"E non sei sentimentalmente impegnato." domanda lei sorridendo.

"Soprattutto." risponde lui ricambiando quel sorriso.

Tra una parola e l'altra, sono arrivati davanti al cancello della villetta di Arianna e lei decide che è il momento di rientrare.

"Si sta facendo tardi. Mindy comincia ad avere fame. Grazie per la compagnia."

"Grazie a te. Spero di vederti ancora."

"Del resto abitiamo vicini."

Conclude frettolosamente Arianna, evitando che lui le proponga un nuovo incontro. Per quanto Stefano le piacesse, era meglio non affrettare le cose.

"A presto, allora." conclude Stefano, rendendosi conto che non è il caso di insistere.

Mentre Arianna entra nel suo giardino, Stefano si avvia verso casa sua quando, la sensazione che qualcosa succeda alle sue spalle, come un presentimento, lo spinge a voltarsi. Stefano fa appena in tempo a vedere la testa della signora Luisa che si ritrae di colpo, per non essere vista.

Il signor Fausto, vedendo la moglie che si allontana di corsa dalla finestra esclamando: "Oddio! Oddio!" le domanda allarmato:

"Cos'è successo!"

"Lui mi ha visto!"

"Lui chi?"

"Landi...l'architetto."

"Che significa: mi ha visto."

"Ha salutato Arianna e si è incamminato verso il cancello di casa sua, mentre camminava si è girato e ha visto che lo stavo guardando." spiega al marito, con voce incerta.

"E allora? Cosa vuoi che gliene importi!"

"Magari pensa che l'ho visto andare in casa della Zampi."

"Ma chi ti dice che c'è stato, in casa della Zampi." cerca di farla ragionare il marito, che ormai è sul punto di perdere la pazienza.

"Io! Lo dico io!" gli risponde lei, indicando sé stessa con il pollice della mano destra. Detto questo, la signora Luisa si avvia verso la cucina senza aggiungere altro, togliendo al marito la possibilità di replicare. Il signor Fausto si alza dalla poltrona, va verso la finestra e guarda fuori. Tutto tace.

6

Durante il tragitto in macchina che lo stava portando da Annamaria Rinaldi, il Commissario Antonio Marini ripensava alla conversazione telefonica, tutt'altro che serena, intercorsa tra lui e lei neanche due ore prima.

"Verrò in questura solo se mi arrestate!" gli rispose con rabbia la Rinaldi, all'invito di raggiungerlo presso il suo ufficio.

"Se la dovessimo arrestare, non le avrei telefonato, non le pare? – rispose pacatamente il Commissario Marini - Le debbo solo fare qualche domanda."

"Su Elena Zampi, immagino."

"Esatto. Su di lei. Eravate amiche, no?"

"Eravamo molto amiche."

"Ed è per questo che abbiamo bisogno di lei, quindi: o viene lei in questura, o veniamo noi a casa sua. Sta a lei decidere."

"Non sarà un piacere averla in casa mia, Dottor Marini, ma visto che non posso evitare di incontrarla, venga pure. Ma la avverto che ci sarà anche il mio avvocato. Sa io di lei non mi fido."

"E fa bene."

L'Alfa Romeo di servizio, guidata dall'Ispettore Santi, procede lungo la Cristoforo Colombo. C'è traffico, come sempre, ma non tantissimo e le auto riescono a scorrere senza troppi problemi. Il Commissario Marini, seduto al suo fianco, ripensa alle parole di Annamaria Rinaldi. Aveva conosciuto quella donna durante un'indagine per corruzione, nella quale era coinvolto il marito e il ricordo che lei aveva di lui, non era buono, anzi, lo detestava e non ne faceva mistero. Era stato costretto ad arrestarli entrambi: lei e il marito. Ma riconoscere che lui aveva fatto solo il suo dovere, era una cosa impossibile, per una donna come lei. Il suo ego spropositato non glielo consentiva. Una donna come lei, in nessun caso poteva finire in carcere. Invece era successo.

In lontananza, lungo il dedalo di viuzze che si snodavano tra le sontuose ville dell'EUR, protetta da imponenti mura di cinta, iniziò a vedere la villa nella quale abitava Annamaria Rinaldi. Marini la conosceva bene. Era lì che aveva arrestato il marito. Lei, invece, era stata bloccata all'aeroporto di Fiumicino, mentre era in procinto d'imbarcarsi per Zurigo, con una valigetta carica di documenti, che costituivano una ulteriore prova delle attività illecite del marito. Poco dopo, mentre osservava il pesante cancello elettrico che si apriva, gli sembrò per lo meno strano, che la

Rinaldi non se ne fosse andata da quella casa, perché il marito, appena ottenuti gli arresti domiciliari, vi si era tolto la vita impiccandosi.

"Non vi offro nulla perché so che siete in servizio."
Annamaria Rinaldi aveva pronunciato queste parole, senza avere la benché minima intenzione d'essere gentile. A togliere definitivamente ogni dubbio, poi, se ancora ve ne fosse stato bisogno, c'era il suo sorriso sprezzante, con il quale comunicava al Commissario Marini tutto il fastidio che provava nel vederlo lì, in casa sua.

"Non vedo il suo avvocato?" osserva il Dottor Marini.

"Era impegnato."

"Immaginavo che non lo avrei trovato."

"Perché?"

"Perché dobbiamo parlare di Elena Zampi."

"E quindi? Non potrei averla uccisa io?" commenta con ironia la Rinaldi.

"No. Lei era a Milano, questo fine settimana." puntualizza il Dottor Marini.

"Ha controllato anche questo."

"Controllo sempre tutto." risponde il Commissario ricordandole con chi ha a che fare.

"Potrei aver agito come mandante."

"Signora, io credo che lei si renda conto, che il motivo per cui sono qui, è l'omicidio di una persona, della quale, oltretutto, lei era molto amica, quindi cerchiamo di non perdere tempo."

"Dio quanto le piace il ruolo del cinico intransigente...Sì ero amica di Elena Zampi, come ero la moglie di Edoardo Neri. Se lo ricorda questo nome. O è solo una delle tante persone che lei ha arrestato."

"Me lo aveva ordinato il magistrato."

"Sì ma lui non aveva fatto niente."

"E come fa a dirlo. Il processo è stato portato alla prescrizione, quindi non c'è stata una sentenza definitiva e lui è stato l'unico a togliersi la vita prima del processo. Perché l'ha fatto se era innocente"

"Ha mai sentito parlare di dignità?"

"Io sì. È un valore che accompagna da sempre tutta la mia vita. Piuttosto, lei cosa ci faceva all'aeroporto con quella valigetta piena di documenti compromettenti."

"Non erano i miei."

"A no? E perché li aveva lei."

"Qualcuno li aveva messi nella valigetta a mia insaputa."

"Non dica sciocchezze. Lei era sotto controllo ed è uscita da casa sua con quella valigetta."

"Io la odio!" esplode con rabbia Annamaria Rinaldi.

"Questo lo so. E se proprio lo vuole sapere, la cosa non mi crea alcun disagio. Sono qui per avere delle informazioni, non per renderle conto di colpe che non ho."

"Lei non prova sensi di colpa. Vero?"

"No."

"La odio con tutta me stessa." ripete sibilando con rabbia Annamaria Rinaldi.

"Mi dispiace per lei." replica impietoso il Commissario.

L'attimo di tregua che segue a questo duro alterco, da modo al Dottor Marini di tornare al motivo della sua visita.

"Immagino che lei sia addolorata, per la morte di Elena Zampi."

"Elena era una che sapeva rendersi interessante, coinvolgere, affascinare, dominare, ma non era capace di amare, né di farsi amare. Io sono forse l'unica che le ha voluto bene, nonostante fosse così. Che cosa vuole sapere."

7

Stefano ha appena finito di parcheggiare la macchina nel piazzale del centro commerciale. Sapeva che Arianna vi si recava due volte la settimana, sempre gli stessi giorni e sempre alla stessa ora. Lo aveva scoperto per caso molto tempo prima. Non ne aveva mai approfittato, ma adesso che l'aveva conosciuta, aveva deciso di sfruttare questa conoscenza delle sue abitudini, per cercare di consolidare il loro rapporto; inoltre, Arianna gli piaceva sempre di più.

Da un punto mo1to più lontano da quello in cui si trova lui, Stefano la vede parcheggiare e scendere dalla macchina, lasciandovi dentro Mindy, come faceva sempre. Stefano scende dalla sua auto. Passa vicino alla macchina di Arianna. Saluta Mindy picchiettando sui vetri con le dita di una mano e va anche lui verso l'entrata del supermercato, seguito dall'abbaiare, via via sempre più lontano, della barboncina.

Dentro il supermercato Stefano segue Arianna da una corsia all'altra, fino a quando non la vede camminare verso di lui. Si mette allora di spalle, fingendo di scegliere un prodotto. Nel frattempo Arianna gli si è avvicinata e lo riconosce.

"Ciao Stefano."

"Ciao Arianna. Anche tu a fare la spesa." la saluta lui fingendosi sorpreso.

"Sì. Non ho più niente da mangiare nel frigorifero."

"Mindy dove l'hai lasciata."

"In macchina. Nel parcheggio. Starà abbaiando a tutti quelli che passano."

"Difende la macchina della sua padrona."

"Senti, non per impicciarmi dei fatti tuoi, ma cosa stai cercando in questo scaffale."
Stefano si accorge in quel momento che sullo scaffale difronte a lui, sono esposti prodotti per l'igiene intima femminile e subito scoppia a ridere insieme ad Arianna.

"Sai, forse non dovremmo aspettare che sia il caso, a farci incontrare."

"Il caso, eh? A proposito, dov'è il tuo carrello." domanda Arianna con ironia.

"Bè, forse non è stato solo il caso a farci incontrare." ammette Stefano ridendo.

"E cos'altro è stato, allora?"

"Magari, la voglia di prendere un caffè con te."
Il sorriso di Arianna è più di un sì.

8

Il signor Fausto, seduto sulla solita poltrona, guarda la TV. Sta iniziando il telegiornale del mattino, e la voce del giornalista televisivo sta elencando i titoli dei servizi. Il signor Fausto ascolta con distacco quella voce, fino a quando non dice:

"Omicidio Elena Zampi. La polizia sarebbe sulle tracce dell'assassino."

Appena sente queste parole, chiama subito la moglie:
    "Luisa! Luisa!"
Dalla cucina arriva la risposta seccata della donna.
    "Che c'è!"
    "Vieni a sentire. Corri! Forse hanno trovato l'assassino della Zampi."
    "Cosa? E chi è?"
    "Non l'hanno ancora detto."

Quasi correndo, la moglie fa la sua comparsa in salotto.

"Come sarebbe a dire: non l'hanno ancora detto. L'hanno trovato o no?"

"Ne parlano tra poco. Ascolta e lo saprai."

Con aria di sopportazione, la signora Luisa non replica, limitandosi a rimanere in attesa della notizia su Elena Zampi.

9

Per Stefano Landi, da quando era diventato un assassino, la capacità di restare concentrato era quasi svanita del tutto, qualunque fosse la cosa a cui si dedicava. "Cosa succederà adesso?" era questa la domanda che di continuo riecheggiava nella sua testa, lasciandolo in costante attesa di un avvenimento, che lo avrebbe messo a confronto con le conseguenze di quello che aveva fatto. Quest'ansia continua, che aumentava o diminuiva di momento in momento, in base ai pensieri che aveva, era la sua più grande nemica, perché piano piano, lo stava logorando e quando prendeva il sopravvento, trasformava i suoi pensieri in presagi di sventura. Le sole due cose che si alternavano nella sua testa erano il suo lavoro, che non riusciva a svolgere come avrebbe dovuto, e Arianna, anzi, più esattamente: Arianna e il suo lavoro. Sì, certo, Arianna, l'unico pensiero che riusciva a sovrapporsi a quello di Elena. Se solo fosse stata lì, con lui, allora sì che si sarebbe dimenticato della sua disavventura.

Dopo aver parlato con lei, anche solo per cinque minuti, si sentiva pieno d'entusiasmo e pronto a combattere. Lei era una delle due prospettive che aveva difronte. L'altra era un processo per omicidio. Decise che le avrebbe telefonato per invitarla a cena. Fece per prendere il cellulare, ma il suono del campanello glielo impedì. Fuori, oltre il cancello, qualcuno chiedeva insistentemente che gli fosse aperto. Scartò subito l'idea che fosse Arianna. Non si conoscevano abbastanza, perché lei potesse fargli una sorpresa del genere e poi a quell'ora della mattina, lei era a lavorare. Pensò, allora, che fosse un suo cliente, il che non era mai una brutta notizia. Stefano aprì la porta d'ingresso e uscì all'esterno. Oltre il cancello, c'erano il Commissario Antonio Marini e l'Ispettore Giulio Santi. Stefano si sentì gelare dentro. Adesso l'insidia non era più solo nei suoi pensieri. Adesso era reale.

10

Il giornalista televisivo inizia a parlare in quel momento dell'omicidio di Elena Zampi. La signora Luisa, che è rimasta in piedi vicino alla poltrona dov'è seduto il marito, limitandosi a poggiare una mano sul bordo della poltrona, come per sorreggersi, ora si siede su un bracciolo, come se questo l'aiutasse a concentrarsi meglio.

"Veniamo ora alle ultime notizie sull'omicidio di Elena Zampi. Secondo alcune indiscrezioni, la polizia starebbe cercando un uomo molto più giovane, con il quale la vittima intratteneva una relazione."

"Lo dicevo io!" è il commento trionfante della signora Luisa.

"L'uomo non sarebbe ancora stato identificato con certezza, perché la persona che ha parlato di questo misterioso individuo alla polizia, non ha saputo fornire le sue generalità."

Con queste ultime parole termina il servizio televisivo. La signora Luisa va verso alla finestra dicendo:

"Lo so io chi è. Eccome se lo so."

"Smettila con questa storia." la rimprovera il marito. Giunta alla finestra, l'anziana donna guarda fuori e con voce eccitata gli dice:

"Vieni a vedere."

"Che cosa devo vedere?"

"C'è una macchina parcheggiata davanti al cancello di quell'architetto. È quella della polizia. La riconosco. È la stessa che era qui anche l'altra sera. Vieni a vedere."

"Non m'interessa."

"A me sì. Vado a vedere cosa succede."

"Ma dove vai! Resta qui!" interviene infastidito il marito.

"No. Vado a vedere. Vedrai che lo arrestano." replica lei più testarda che mai.

Il signor Fausto scuote la testa, mentre sua moglie esce dalla stanza ma, appena lei scompare dalla sua vista, si alza e va alla finestra.

11

Seduti sulle due poltrone del salotto, il Commissario Antonio Marini e l'Ispettore Giulio Santi, guardano Stefano che, accomodatosi su un angolo del divano, ostenta una tranquillità che è ben lungi dal provare veramente, e lo sguardo penetrante del Dottor Marini, non lo aiuta di certo a rilassarsi. Stefano, teme che il suo comportamento possa rivelarsi anomalo agli occhi dei due poliziotti. Per questo motivo, quando il Commissario inizia a parlare, non può fare a meno di provare un certo sollievo.

"Vengo subito al punto. Lei conosceva la signora Elena Zampi." chiede con fare deciso il Commissario.

"No." risponde Stefano.

"Ne è sicuro?"

"Sì. Perché?"

"Perché stiamo cercando un uomo, le cui caratteristiche professionali e personali corrispondono alle sue."

Tra i due uomini cade un attimo di silenzio. È

un silenzio voluto, quello del Dottor Marini, ma non quello di Stefano, che teme di sbagliare qualunque cosa dica.

"Dia retta a me, ci dica quello che sa, adesso. In questi casi è la cosa migliore da fare." lo consiglia il Commissario, cogliendo al volo la sua incertezza. Stefano percepisce l'insidia che si nasconde dietro quelle parole e, cercando di apparire sicuro, risponde:

"L'avrei già fatto, se sapessi qualcosa, anzi, vi avrei cercato io."

"Succede sempre così con i testimoni. Non dicono subito quello che sanno, per paura di mettersi nei guai, e poi finisce che ci si mettono veramente." è il commento del Dottor Marini, che gli comunica in quel modo di non credere a una parola di quel che dice.

"Non è il caso mio." risponde con fermezza Stefano.

"Ci pensi bene. Magari ha visto, - usando un tono ironico - casualmente s'intende, qualcuno entrare o uscire dalla casa della vittima, magari in orari insoliti. O una macchina parcheggiata difronte alla villa, della quale ricorda almeno il modello."

"Magari la macchina è la mia e quel qualcuno sono io. Lo dica, su?"

"D'accordo. Signor Landi: lei aveva una relazione con la Signora Zampi." taglia corto il Dottor Marini.

"No. Non la conoscevo neppure. Gliel'ho detto."

"Guardi che è questo il momento di dircelo. Glielo ripeto."

"Lo sarebbe se io fossi la persona che state cercando, ma quella persona non sono io." risponde Stefano alzando la voce e usando un tono categorico.

"Io credo di sì." lo incalza il Dottor Marini con fermezza.

"Allora non perda tempo. Tiri fuori le prove e non parliamone più."
Il Commissario Marini sorride e guarda Stefano, come un predatore guarda la sua preda.

"Signor Landi, perché parla di prove. Siamo venuti da lei nella speranza di trovare una persona informata sui fatti. Nessuno le ha contestato d'aver ucciso Elena Zampi."

Stefano, colto di sorpresa, rimane senza parole, sotto gli guardi attenti e impietosi del Commissario Marini e dell'Ispettore Santi. È come paralizzato, fissa negli occhi il Dottor Marini senza riuscire a dire nulla per qualche secondo. Poi trova la forza di reagire.

"Insomma, con tutte le persone che abitano qui da molti anni, perché siete venuti direttamente da me."

"Non è stata una scelta casuale." afferma il Dottor Marini.

"Quindi avete qualcosa in mano, che vi ha

portato da me."

"Sì, è così."

"E vi dispiacerebbe dirmi di che cosa si tratta. O chiedo troppo?" domanda Stefano con arroganza.

"Ha sentito gli ultimi notiziari sul caso Zampi." risponde il Commissario ignorando il tono usato da Stefano.

"No."

"Si parla di un uomo della sua età, con il quale la signora Zampi intratteneva una relazione da circa un anno."

"E allora?"

"E allora si dà il caso che lei abiti proprio nel quartiere dove abitava la vittima. Inoltre la sua età e la sua professione, corrispondono a quelle dell'uomo che stiamo cercando. Ecco perché siamo venuti da lei." conclude il Commissario.

Stefano rimane in silenzio. In quel momento, ritiene che la cosa migliore da fare sia lasciare la parola all'investigatore, quindi non dice nulla e rimane in attesa di altre argomentazioni sulla vicenda, che non tardano ad arrivare.

"Lei non sapeva, per sua stessa ammissione, che stavamo cercando un uomo il cui profilo professionale e sociale corrisponde al suo. Nonostante questo, si è messo a parlare di prove, ma chi l'ha mai accusata di niente. Perché l'ha fatto? Riesce a seguirmi adesso? Mi risponda."

"Questi sono giochi di parole."

"Io non li chiamerei giochi di parole, visto che

ne può venir fuori una condanna all'ergastolo... a meno che non si tratti di una legittima difesa. – il Commissario guarda Stefano intensamente, prima di aggiungere con un sorriso sornione - Lei che ne pensa?"

"Non sono io l'investigatore. È lei che deve risolvere il caso."

Nella stanza cala il silenzio. Stefano si sente stanco. Vorrebbe porre fine a quel colloquio informale, come lo aveva definito il Commissario Marini appena arrivato, ma temeva di commettere un errore. Non essendo a conoscenza dell'esistenza di un'amica di Elena, alla quale lei confidava i suoi segreti e sperando che fosse un bluff del Commissario, Stefano decise di passare all'attacco:

"Non esiste un'amica della signora Zampi, che vi ha fornito notizie generiche su un misterioso amante che corrisponde al mio profilo. È così? Era tutta un'invenzione per vedere come avrei reagito."

Rilassandosi sullo schienale della poltrona, senza distogliere lo sguardo da Stefano, il Commissario si rivolge all'Ispettore Santi:

"Ispettore Santi, vuol ripetere lei, per cortesia, al signor Landi quello che abbiamo saputo."

L'Ispettore Santi, rivolto a Stefano, inizia ripetere quello che il suo superiore ha già detto:

"Un'amica della signora Zampi, ci ha informato che la vittima aveva una relazione con un uomo.

Quest'uomo, secondo l'amica della Zampi, sarebbe almeno quindici anni più giovane della vittima. A proposito, lei quanti anni ha?"

"Quaranta, ma penso che lo sappiate già."

"Quindici anni esatti meno della defunta signora Zampi." precisa l'Ispettore.

"Tutto qui?"

"No. Ci ha detto anche che lavora nel campo dell'arredamento. Lei è un architetto, se non sbaglio."

"Sì, ma non mi occupo di arredamento."

"E di cosa si occupa."

"D'interni. Ristrutturazione d'interni, e non è proprio la stessa cosa."

"No, ma la signora Zampi è stata volutamente generica con la sua amica, su questo punto."

"E quindi…"

"E quindi le domando per l'ultima volta - interviene con decisione il Commissario Marini - lei conosceva la signora Zampi?"

"Ed io, sperando che sia davvero l'ultima volta che me lo domanda, le rispondo di no."
Dopo un breve silenzio, Stefano aggiunge con calma:

"Scusate, ma secondo voi, perché un amante accettato, avrebbe dovuto uccidere la propria donna."

"Ci risiamo. Perché è così sicuro che quest'amante fosse accettato? Noi non l'abbiamo detto. È forse lei, quest'amante accettato?"

domanda il Commissario Marini con ironia.

Questa volta è Stefano a guardare dritto negli occhi il Commissario. Quell'uomo era una vera e propria insidia. La professionalità c'entrava solo in parte, aveva un'indole da predatore e questo lo faceva sentire in svantaggio. Aveva timore di lui qualunque cosa dicesse. Si rese conto che si stava imbrigliando nella tela del ragno, e che la strategia dei due uomini mirava proprio a quello. Provocarlo affinché si agitasse, per farlo cadere in contraddizione. Tentando di recuperare, Stefano risponde:

"L'ho dato per scontato."

Commissario Marini sorride e aggiunge:

"Eh già, lei l'ha dato per scontato." detto questo si gira verso l'Ispettore Santi. I due uomini si scambiano uno sguardo d'intesa.

"In ogni caso, - prosegue il Commissario Marini tornando a guardare Stefano - sembra che la signora Zampi si fosse messa in testa di consolidare il rapporto con il suo amante. Pare che lo volesse addirittura sposare."

"Anche questo, ve l'ha detto questa misteriosa amica della signora Zampi?"

"No. Questo è quello che la vittima ha detto al figlio, pochi giorni prima che partisse per l'Accademia Militare."

"Noi pensiamo che quest'amante sconosciuto, si sia tirato indietro, rifiutando di sposarla." interviene l'Ispettore Santi.

"Noi pensiamo. Il figlio ci ha detto. Una sua amica ci ha informato. Non le sembra tutto un po' troppo vago." sottolinea Stefano con ironia.

"Meno di quello che sembra a lei. – afferma con decisione il Dottor Marini – Vede, quelli della scientifica, hanno rinvenuto sul pavimento della stanza dove è avvenuto l'omicidio, un piccolo frammento di cristallo, appartenente a una piramide che era poggiata sul tavolino di quella medesima stanza."

"E allora?"

"Con quella piramide, sostiene la scientifica, l'assassino ha colpito la signora Zampi, ma con la parte piatta spaccandole la mascella. E questo è strano, perché un assassino, per uccidere, avrebbe adoperato la parte con la punta, invece che la superficie piatta."

"Siete sicuri che l'assassino l'abbia colpita con quell'oggetto?"

Il Dottor Marini inchioda Stefano con lo sguardo, prima di rispondergli con tono sferzante:

"Se l'assassino fosse qui, lo potremmo chiedere a lui, ma l'assassino, purtroppo, non è qui, e lei deve accontentarsi della nostra ricostruzione."

Stefano, capisce in quel momento che avrebbe fatto meglio a rimanere in silenzio. La sua obiezione sul colpo inferto con la piramide di cristallo, aveva corretto la ricostruzione dei fatti proposta dal Commissario Marini, ipotizzando una dinamica diversa del delitto, e partendo dai pochi elementi che il Commissario gli aveva fornito. Lui, che in quella casa sosteneva di non esserci mai entrato.

"Sì, noi crediamo che l'assassino abbia colpito la vittima con quell'oggetto. – insiste il Dottor Marini senza dargli tregua - Vede la piramide era pulitissima, assolutamente priva d'impronte, a differenza di tutti gli altri oggetti poggiati sul tavolino."

"Su una piramide di cristallo, delle impronte risalterebbero, dando un senso di sporco." ipotizza Stefano.

"È vero, ma non si tratta soltanto di questo. Vede, la signora Zampi, secondo quanto ci è stato riferito da chi la conosceva bene, era una persona puntigliosa, ossessionata dall'ordine e dalla precisione, non era il tipo da mettere un oggetto fuori posto. La piramide è stata trovata sul bordo del tavolino e non in uno spazio più centrale del ripiano."

"Forse alla signora Zampi piaceva lì." osserva sarcasticamente Stefano.

"Forse, ma in realtà è come se chi l'ha messa in quel punto, l'ha fatto in fretta e da una posizione scomoda. Come una persona che sta attenta a non sporcarsi le scarpe di sangue. Magari nella speranza di farlo apparire come un incidente domestico." termina il Commissario trafiggendo Stefano con lo sguardo. Stefano finge di non accorgersene, e passa al contrattacco:

"E così, voi, adesso, venite a cercare me, soltanto perché sono un uomo che vive solo e ho quindici anni di meno della vittima." conclude come se il comportamento dei due poliziotti fosse assurdo.

"Aggiunga pure che lei è un architetto e che abita a pochi passi da dove viveva la vittima. Non sono dettagli da trascurare." replica il Commissario Marini, senza arretrare di un millimetro dalla sua posizione, e sempre guardando Stefano dritto negli occhi.

"Ha finito?" dice Stefano, invitando in quel modo il Dottor Marini ad andarsene.

"Sì. Ho finito, per ora, ma tornerò."

Il Commissario Marini si alza dalla poltrona. Una volta in piedi, rivolgendosi a Stefano come se ormai fosse in trappola, gli suggerisce:

"Si trovi un avvocato. Presto, molto presto, ne avrà bisogno." poi va verso la porta seguito dall'Ispettore Santi. Stefano non dice nulla e non accompagna i due uomini alla porta, limitandosi a osservarli mentre se ne vanno.

Mentre salgono in macchina, l'Ispettore Santi dice al suo superiore:

"Secondo me, è lui l'uomo che cerchiamo."

"Certo che è lui."

È la secca risposta del Commissario Marini al suo subalterno. In quel momento, Stefano, dalla finestra guarda la macchina della Polizia che si allontana, portando via con sé, tutti i suoi problemi. Lui sa, però, che si tratta solo di una tregua.

Appena la vettura è scomparsa dalla sua vista, Stefano si allontana dalla finestra, stringe nervosamente i pugni e ripete più volte:

"Non hanno prove! Non hanno prove!" così dicendo, da un calcio a una sedia, che finisce rovesciata sul pavimento diversi metri più in là. Subito dopo, esce velocemente dal salotto.

12

Il Commissario Antonio Marini e l'Ispettore Giulio Santi, hanno appena superato la villetta dei coniugi Renda. Dal giardino, la signora Luisa osserva la macchina che passa, dopodiché corre in casa, come se avesse qualcosa di urgente da fare. Dalla finestra, il marito la sta osservando. Vedendola rientrare, non ha più motivo di restare alla finestra e torna alla sua poltrona.

Il signor Fausto, si è appena seduto sulla poltrona e ha ripreso a guardare la TV, quando sua moglie, agitatissima, irrompe nella stanza dicendo:

"Hai visto? Era la polizia. È lui l'assassino. L'ho capito subito."

"Ah sì? E perché non l'hanno arrestato?"

"Lo arresteranno di sicuro. Vedrai."

"E tu che ne sai. L'hai visto uccidere Elena Zampi, per caso?"

"No che non l'ho visto, ma se non è lui l'assassino, perché la polizia è andata a casa sua, allora!"

"Per lo stesso motivo che li porterà anche da noi, cioè per cercare informazioni. Nel caso non lo sapessi, si chiamano indagini."

"Certo, ma noi non l'abbiamo uccisa, lui sì."

"Come fai a dirlo." insiste suo marito sottolineando l'assurdità del suo ragionamento.

"Me lo sento."
Alzando gli occhi verso il cielo in segno di esasperazione.

"Ma smettila! E preparati, piuttosto, che dobbiamo ancora fare la spesa."

"Lo devo dire anche ad Arianna." afferma con decisione la signora Luisa.
Scattando come una molla.

"Che cosa devi dire ad Arianna?" vuole sapere il marito.

"Che Stefano Landi è l'assassino."

"Ma sei impazzita! Non ci pensare proprio!" esplode il signor Fausto.

"E invece glielo dico." insiste caparbia sua moglie.

"Lascia stare Arianna e pensa ai fatti tuoi." prosegue lui cercando di usare un tono conciliante.

"Arianna è una brava ragazza. Va aiutata. L'ho vista uscire con Stefano Landi almeno un paio di volte, ultimamente."

"E che cosa te ne frega?" il signor Fausto comincia ad arrabbiarsi.

"Come sarebbe a dire, che cosa te ne frega.

Quella povera ragazza è in pericolo e tu mi dici che cosa te ne frega? Me ne frega eccome. – pronunciando queste parole la signora Luisa inizia ad alzare la voce - Deve sapere che l'assassino è lui. E io glielo dico. Altroché se glielo dico." afferma imperterrita, come se dovesse portare avanti una missione della quale è stata investita dall'autorità divina.

"Mi vado a preparare."

Dopo queste parole, la signora Luisa esce dalla stanza. Sul volto del marito è evidente una certa preoccupazione.

13

Stefano guarda il suo volto riflesso nello specchio che si trova sopra il lavandino del bagno. Le gocce di acqua fredda, che gli scendono lentamente lungo il viso, lo fanno sentire meglio. Rimane così per un po', cercando di sfuggire al pensiero ricorrente di quelle ultime ore, ma inevitabilmente i ricordi prendono il sopravvento, e il suo pensiero va indietro nel tempo fino alla mattina in cui, per la prima volta, Elena gli aveva telefonato.

Era un lunedì mattina, Stefano stava lavorando al computer. Disegnava un interno che era stato incaricato di ristrutturare, quando il telefono a fili, poggiato sul ripiano della scrivania, squillò. Distrattamente, continuando a guardare lo schermo del pc, allungò una mano e afferrò la cornetta.

"Pronto?" disse con voce distratta.

"Buon giorno. Parlo con l'Architetto Stefano Landi?" rispose la voce calda e sensuale di una sconosciuta.

Quella voce così particolare, risvegliò in un attimo l'attenzione di Stefano.

"Sì. Sono io."

"Buon giorno, Architetto. Non siamo mai stati presentati, prima d'ora, ma forse mi avrà visto più di qualche volta."

"Non saprei. Dalla voce non mi sembra di conoscerla."

"Se vuole dare un volto alla mia voce, si affacci alla finestra del suo studio e guardi verso l'ultima villa alla sua destra, dalla parte opposta della strada."

"Bene, il mistero s'infittisce."

Stefano capì in quel momento chi gli stava telefonando. Tutti sapevano chi era Elena Zampi, la famosa stilista. Una bella donna mora, di oltre cinquant'anni, senza marito, che viveva con il figlio di circa vent'anni. Decise comunque di stare al gioco. Si affacciò finestra e guardò nella direzione suggeritagli da lei.

Elena era lì, affacciata alla finestra del primo piano, sorridente, con i suoi capelli neri, lunghi e folti, che le scendevano da un lato. Appena vide Stefano, lo salutò muovendo un braccio, prima di ritirarsi facendogli cenno di tornare al telefono. Chiusa la finestra, Stefano tornò al suo tavolo di lavoro e riprese la conversazione telefonica:

"Eccomi qua. Non è la prima volta che la vedo. L'avevo già notata. Lei ha anche un figlio, se non sbaglio."

Nel salotto di casa sua, mentre cammina nervosamente avanti e dietro, Elena Zampi parlava con Stefano usando un vecchio telefono cellulare, di quelli senza il touch screen.

"Purtroppo ancora per poco. Ha superato il test d'ingresso all'Accademia Militare di Modena, e alla fine dell'anno scolastico, salvo imprevisti, inizierà il corso ufficiali. Sa com'è, i figli crescono e vanno per la loro strada."

"E le mamme rimangono sole."
Una risata accattivante precedette la risposta della donna.

"Già, è proprio così."

"Lei ha anche un nome, o per me resterà la bella sconosciuta dalla voce calda e sensuale." le chiese Stefano facendo finta di non sapere chi era.

"No, no, ho anche un nome, mi chiamo Elena Zampi e la ringrazio del complimento sulla mia voce."

"Elena Zampi? Quella Elena Zampi? La famosa stilista?"

"Sì, proprio quella Elena Zampi. – rise garbatamente lei - Credo che sia arrivato il momento di spiegarle il motivo della mia telefonata."

"Direi di sì. Anche per dare un significato a tutto questo."

"Esatto. A questo punto ci dobbiamo

incontrare."

"D'accordo, la aspetto, allora. Deve solo attraversare la strada."

"No, sarebbe un incontro superfluo. Cerchi di liberarsi per le 12,30 se può, e venga a trovarmi in ufficio. Oggi è lunedì e i miei dipendenti non lavorano la mattina. Così vedrà con i suoi occhi di cosa si tratta."

"Va bene. Alle 12,30 nel suo ufficio, allora."

"Porterò con me qualche campione."

"La ringrazio. Lei è molto gentile."

"È il mio lavoro."

"Lei è gentile comunque. Ah, ricordi che l'entrata che uso quando l'atelier è chiuso, si trova sul retro. A dopo."

"A dopo."

Stefano chiuse la comunicazione e rimase lì a pensare con piacere a quella telefonata, grazie alla quale stava per aggiudicarsi un lavoro importante, che lo poteva introdurre nel bel mondo della capitale, non solo, ma dal modo in cui si era comportata Elena durante la telefonata, nutriva la speranza che fosse anche l'inizio di un'avventura, con quella donna bellissima e importante. Non poteva neanche immaginare, invece, quello che sarebbe realmente successo.

Ora Stefano è lì, davanti a uno specchio, e la sua immagine sconvolta era tutto quello che riusciva a vedere. Sapeva che avrebbe pagato, ma doveva comunque lottare per riuscire a evitarlo. Sì, certo, evitarlo...ma come? Lentamente allunga una mano dietro il pensile e ne estrae la mezza fotografia, dove compare lui poggiato sulla parte anteriore della sua macchina. Fissa a lungo la sua immagine, poi, lentamente, solleva gli occhi e a bassa voce, stringendo fino allo spasimo il pezzo di fotografia, ripete di nuovo a sé stesso con durezza:

"Non hanno prove e non ne avranno!"

14

Il rumore delle fotocopiatrici che stampano senza sosta, quello della cassa che emette di continuo scontrini, voci di persone che parlano tutte insieme, creando confusione, nel tentativo di ottenere l'attenzione delle dipendenti che hanno appena finito di servire un altro cliente. Ogni giorno era così, dentro la copisteria cosiddetta universitaria, senza eccezione. Tra le clienti in attesa, c'è Arianna, che sta facendo rilegare una perizia conferitale dal Tribunale di Roma. Era lì da almeno quaranta minuti e non vedeva l'ora di andarsene. Finalmente, una dipendente, consegna ad Arianna due fascicoli rilegati, prima di avviarsi alla cassa per battere lo scontrino.

Oltre la vetrina, all'esterno della copisteria, c'è Stefano. Anche lui è lì fuori da un po' di tempo. Un tempo uguale a quello di Arianna. Eh, sì, l'aveva seguita anche questa volta. Finalmente la vede uscire. Velocissimo, Stefano si muove verso la porta, facendo in modo che lei se lo trovi davanti. Entrambi si arrestano di colpo.

"Ciao Arianna." dice Stefano fingendosi sorpreso di vederla.

"Ciao Stefano".

"Come mai in copisteria?"

"Dovevo far rilegare una perizia."

"Senti, io non ho ancora fatto colazione e tu?" domanda Stefano senza esitare oltre.

"Neanche io."

"Perché non ne approfittiamo, senza aspettare un'altra occasione?"

"D'accordo, anche perché non voglio che passi le giornate a pedinarmi."

Entrambi ridono.

La colazione della mattina, aveva creato le premesse per un invito a cena quella sera stessa. In realtà si trattava di una birreria, dove ai boccali di birra d'ogni genere e ai panini farciti con carne e ogni tipo di verdure, si usava mischiare musica dal vivo ad alto volume, eseguita da band quasi sempre diverse. Quella sera toccava al jazz, e la band era davvero brava, ma l'ultima cosa che interessava a Stefano e Arianna, erano le virtù musicali degli elementi che la componevano.

Seduti l'uno vicino all'altra, fingono di ascoltare quell'esibizione musicale, mentre i loro corpi si toccano, i loro occhi si cercano, per mandarsi un muto ma dolcissimo messaggio, prima di stringersi con passione l'uno all'altra e abbandonarsi al loro primo bacio.

È notte, la luce lunare filtra attraverso la finestra all'interno della camera da letto di Arianna, dove lei e Stefano stanno facendo l'amore. Mindy, è ferma sul riquadro della porta, e osserva, incuriosita, la scena per un po', tranquillamente. Non aveva mai sentito la sua padrona, prima di quella sera, emettere quel tipo gemiti e sospiri, né da sola né in compagnia. Ma tutto sommato non le sembrava che fosse in pericolo, anzi pareva che le piacesse. Quindi, dopo un po', lentamente scende le scale e va giù nel salotto, salta su una poltrona e vi si rannicchia. Poco distante da lei, dentro il contenitore degli accessori per la pulizia del camino, il pezzo di fotografia con il viso sorridente di Elena, illuminato dalla luce tenue e inquietante dei lampioni che le finestre filtrano dall'esterno, sembra guardare Mindy.

15

La signora Luisa e Arianna sono sedute sul divano. Sopra il tavolino ci sono tre tazzine di caffè vuote. Poco distante da loro, comodamente seduto sulla sua poltrona preferita, il signor Fausto legge il solito giornale, come fa ogni mattina a quell'ora, da quando è in pensione. La signora Luisa, tenta di convincere Arianna che Elena Zampi è stata uccisa da Stefano Landi.

"Ma sì, ti dico che è così. Sospettano di lui. Perché altrimenti la polizia sarebbe andata a casa sua."

Il signor Fausto stacca gli occhi da giornale e guarda sua moglie con disapprovazione, ma lei non se ne accorge neppure e prosegue aggiungendo:

"Non ti ricordi che cosa ha detto la sera che hanno trovato il cadavere? Sono sicuro che è stata uccisa. Così ha detto."

"Era solo un modo di dire!" la rimprovera il marito, infastidito dalla sua mancanza di tatto.

"No. Lui ne era sicuro perché già lo sapeva che

era stata uccisa. E come faceva a saperlo?... Lo sapeva perché è stato lui! Ecco perché lo sapeva."

La signora Luisa fa una lunga pausa per riprende fiato, prima di proseguire:

"Non sei al sicuro con quello lì. Non dovresti frequentarlo."

"Siamo usciti insieme proprio ieri sera, ma non mi ha parlato della visita della polizia."

"Ecco! Lo vedi?" trionfa la signora Luisa.

"Ma cosa deve vedere. Non gliene ha parlato perché si sentiva in imbarazzo." interviene energicamente il signor Fausto.

"Zitto tu! Questa è una cosa seria!" reagisce sua moglie, come se fossa stata punta con un ago.

"Lo so che è una cosa seria. Sei tu che non te ne rendi conto. La polizia è andata da lui una volta sola."

Arianna li guarda sorridendo, ma questa volta non è divertita.

"Sì, ma i giornali, parlano di un giovane uomo per il quale Elena Zampi aveva perso la testa." prosegue imperterrita la signora Luisa.

"Sì, ma non dicono che si chiama Stefano Landi." controbatte il marito.

"Chi altro vuoi che sia."

Il signor Fausto, alzando gli occhi al cielo in segno di disperazione, commenta:

"Oh santa madre! Meno male che le indagini non le fai tu."

"Meno male per lui, altrimenti sarebbe già in

galera. Magari ne ha già ammazzate altre. Potrebbe essere un serial killer."

Per il signor Fausto, questo è davvero troppo.

"Basta! Non voglio sentire altro. Ciao Arianna, vado a prendere un po' d'aria in giardino."

Detto questo, si alza e va verso la porta.

"Ecco bravo. Così noi possiamo parlare in santa pace." replica sua moglie con rabbia.

"No, signora Luisa, vado via anch'io."

Dice Arianna alzandosi. Non aveva più voglia di restare. L'entusiasmo con il quale era andata a trovare i coniugi Renda per prendere un caffè con loro, adesso era svanito. La signora Luisa si era sempre posta nei suoi confronti come una mamma, e lei lo aveva sempre accettato con benevolenza, ma non questa volta. Questa volta era andata oltre. Era riuscita a infastidirla parlando a sproposito. Definire Stefano un assassino con tale leggerezza, era una cosa che non poteva accettare, soprattutto ora che la conoscenza tra lei e lui si era trasformata in una relazione sentimentale.

"Perché te ne vai. Spero che non sia per quello che ti ho detto sul signor Landi. L'ho fatto per te. – con tono aggressivo - Quell'uomo non mi piace."

Arianna, sorridendole con artefatta dolcezza, la rassicura:

"No, non è per quello, mi creda. Anzi, apprezzo molto quello che ha fatto, è solo che mi sono portata del lavoro a casa, e lo voglio finire prima di andare a letto. Grazie per il caffè."

"Davvero non puoi restare ancora un po'?" domanda con aria triste l'anziana donna.

"Un'altra volta, signora Luisa. Adesso non posso." le risponde Arianna con dolcezza, mentre si alza dal divano imitata dalla padrona di casa.

"A presto, allora." dice Arianna baciando l'anziana donna sulle guance, prima di avviarsi verso la porta, dove il signor Fausto, nel frattempo, sentendo che Arianna era sul punto di andarsene, si è fermato ad aspettarla per uscire insieme con lei.

Ariana ha quasi raggiunto il cancello della villa, quando sente la voce del signor Fausto che la chiama:

"Arianna!"

Lei si volta. Quel che vede è un insolito quadretto familiare dei coniugi Renda, uniti probabilmente dalla comune preoccupazione per lei. In particolare, a sorprenderla, è la signora Luisa, che tiene sottobraccio il marito, mentre sta con la testa poggiata sulla sua spalla, come se cercasse protezione.

"Sii prudente. Non si sa mai." le raccomanda il signor Fausto con un tono di voce sinceramente preoccupato.

Era la prima volta, che lui mostrava quell'interesse paterno nei suoi confronti.

Arianna rimane colpita dallo slancio d'affetto di quell'anziana coppia, e inizia a sentirsi in colpa per aver provato fastidio verso la signora Luisa, a causa delle parole che aveva pronunciato nei confronti di Stefano. Si rendeva conto in quel momento, che la preoccupazione dei Renda era sincera e, lei, che ormai era innamorata di Stefano, forse non giudicava la situazione che stava vivendo con il necessario distacco.

Arianna ricambia quell'affettuosa raccomandazione con un sorriso, mentre risponde:

"Lo sarò."

Detto questo apre il cancello e se ne va. Il signor Fausto e sua moglie accompagnano Arianna con lo sguardo per un po'. Quando Arianna è ormai lontana, il signor Fausto si gira verso sua moglie. I due coniugi si guardano per un attimo, prima di rientrare in casa senza fare alcun commento.

Mentre percorreva i pochi metri che la separavano da casa sua, Arianna ripensava a quei due volti in pena per ciò che poteva accaderle. Sentì sciogliersi dentro di lei, quella sensazione di fastidio che aveva provato fino a quel momento nei confronti della signora Luisa, e iniziava a vedere lei e il marito per quello che erano, cioè due anziani, soli, senza più nessun parente al mondo, che avevano riversato tutto il loro affetto su di lei, e che temevano per quel che avrebbe potuto accaderle, se Stefano Landi era davvero l'assassino. Un timore sincero, leale e privo di malizia. Sì, certo, l'interesse per Stefano poteva aver influenzato il suo giudizio su di lui, fino a non farle vedere la questione con il dovuto distacco. È vero, lei poteva essere in pericolo. Doveva prendere una decisione che, in cuor suo, sapeva già quale sarebbe stata: avrebbe combattuto al suo fianco, cercando di aiutarlo in tutti i modi.

16

Stefano e Arianna stanno passeggiando abbracciati l'uno all'altra. Con loro c'è anche Mindy, tenuta al guinzaglio da Arianna, che la sta osservando, colpita dalla sua insolita tranquillità.

"Com'è tranquilla stasera. Non tira da nessuna parte." fa notare Arianna a Stefano.

"Lo fa per noi. Non ci vuole disturbare." risponde teneramente lui.

Arianna sorride.

"Dopodomani devo andare a trovare i miei, mia madre sta molto male e sono preoccupata. Dovrò portare Mindy dalla dog sitter e questo mi preoccupa."

"Perché?"

"Perché ogni volta che la vado a riprendere non la riconosco più. Non la riesco più a gestire."

"Chissà quanto ti costa."

"Quello è il meno. Il problema è come la trattano. Una volta aveva delle ferite sulle zampe e sul muso."

"Hai chiesto spiegazioni?"

"Sì. Mi hanno risposto che è un cane litigioso e che aggredisce anche i cani di taglia grossa."

Stefano sorride.

"Dopodiché hai cambiato dog sitter, immagino."

"Sì, ma non è servito a niente. Quando sta con me, fa tutto quello che vuole. Ha tutta la casa per lei. Invece dalla dog sitter ci sono anche altri cani e lei non è abituata."

Stefano non aspettava altro, e subito propone:

"Te la tengo io, se vuoi?"

Arianna si ferma e lo guarda.

"Davvero lo faresti?"

"Certo."

"Si tratta solo di due giorni. Puoi lasciarla in giardino per tutto il giorno."

"Non sarà un problema neanche dentro casa." afferma Stefano dimostrando la massima disponibilità.

"Grazie."

Con entusiasmo Arianna bacia Stefano su una guancia.

"Guarda che è un piacere. Io adoro Mindy."

Rivolta alla barboncina.

"Sentito, Mindy. Hai trovato un nuovo padrone. Almeno per un po'."

Mindy, sentendosi presa in considerazione, inizia a scodinzolare.

Seduti su una panchina, Stefano e Arianna, persi in un abbraccio carico di passione, si stanno baciando. Mindy è acquattata vicino ai piedi della sua padrona. È Arianna a interrompere quell'abbraccio. Il suo viso, fino a quel momento pieno di gioia e di dolcezza, adesso è diventato serio. Esprime il disagio per ciò che sta per chiedere a Stefano.

Facendosi forza ed evitando di guardarlo negli occhi, inizia a parlare:

"Stefano…non so come chiedertelo."

"Cosa?"

"È una cosa che mi porto dentro da ieri."

"Devi essere tu, a prendere la decisione di dirmela, se cerchi una risposta."

"Mi hanno detto che la polizia è venuta a casa tua, per la morte di Elena Zampi."

"Sì. È vero. Non te lo avevo ancora detto, perché temevo che questa notizia pregiudicasse il nostro rapporto…Sospettano di me. Non hanno prove, ma sospettano di me."

Aggiunge subito Stefano, come se volesse liberarsi di un peso.

"Come fanno a sospettare di te."

"Perché Elena Zampi ha confidato a un'amica, che aveva una relazione con un uomo molto più giovane di lei."

"E allora? Perché sospettano di te."

"Perché è un architetto. Come me. A questo punto, due più due fa quattro. Ho quindici anni in meno di quanti ne aveva la Zampi, sono un architetto e abitavamo vicini. Ecco fatto. Tutti i notiziari ne parlano. Non fanno ancora il mio nome, ma è solo questione di tempo."

Stefano guarda Arianna negli occhi e aggiunge:

"Non li hai sentiti i notiziari alla televisione?"

Arianna, con voce spenta, risponde:

"Sì. Li ho sentiti."

Arianna si gira e fissa negli occhi Stefano. Rimangono così, in silenzio, senza dire nulla per qualche secondo, prima di stringersi l'uno all'altra mentre Mindy, stanca di stare ferma, comincia a mugolare per richiamare la loro attenzione.

17

Stefano, seduto sul pavimento del suo studio, sta strappando a metà una fotografia ritagliata dalla prima pagina di un giornale. La fotografia ritrae una donna sui cinquant'anni, con lunghi capelli neri. Proprio come Elena Zampi. Mindy, vicino a lui, è in trepida attesa. Appena Stefano ha ottenuto le due metà, ne dà una alla barboncina, che subito la afferra e appena Stefano cerca di farsela restituire, scappa dallo studio. Poco dopo, a forza di chiamarla, Mindy ritorna nello studio, ma in bocca non ha più niente. Stefano sorride soddisfatto.

"Brava Mindy. Brava. È questo il gioco che dobbiamo fare."

Dopo un po' fa vedere alla cagnolina l'altra metà della foto. Mindy abbaia cercando di farsela dare. A nulla servono gli incitamenti di Stefano, che cerca di spronare l'animale a riportargli l'altra mezza immagine. I tentativi di addestramento proseguono per un po', ma alla fine Stefano si arrende. Con aria stanca, va a sedersi al suo posto di lavoro. Mindy, lo guarda mugolando con aria infelice, perché il gioco è finito. Stefano sorride all'animale e dopo un battito di mani, apre le braccia dicendo:

"Vieni, su!" incitandola in questo modo a saltargli sulle ginocchia.

Mindy non si fa pregare oltre. Salta sulle ginocchia di Stefano, ma vi rimane solo per un attimo, giusto il tempo di prendere lo slancio, per passare dalle sue ginocchia al ripiano del tavolo da disegno, dove addenta l'altra mezza fotografia e, guardando Stefano, vi si acquatta sopra. Lui, con aria triste, inizia ad accarezzare delicatamente la testa della barboncina, mentre viene assalito, ancora una volta, da dolorosi ricordi.

Stefano, come ogni giorno, era seduto al suo posto di lavoro. Uno dei due cellulari poggiati sul ripiano del tavolo, iniziò a squillare. Era quello che gli aveva regalato Elena. Ancora lei! Da un po' di tempo, ormai, precisamente da quando le aveva detto che non potevano vivere insieme, lo chiamava per provocarlo in ogni modo. Tutti i santi giorni. Sarebbe bastato non risponderle, ma lui temeva che lei, come aveva più volte minacciato di fare, si recasse a casa sua direttamente. Sperando che prima o poi si stancasse, ancora una volta cedette e le rispose. La voce astiosa e carica di sarcasmo di Elena, irruppe nelle sue orecchie:

"Ciao amore. Come stai senza di me?"

"Elena, che cosa vuoi ancora?"

"Eh! Come sei maleducato! Ma cosa ti ho fatto!"

"Elena ti avevo detto di non chiamarmi più."

"Ma sì, ma sì, stai tranquillo! Non ti chiamerò più. Ho riportato la tua roba. Per questo ti ho chiamato. L'ho lasciata in giardino. Fa in fretta ad andarla a prendere, non vorrei che qualcuno passando, la vedesse, e si facesse strane idee su di te."

A queste ultime parole seguì la risata isterica di Elena.

"Che cos'altro hai combinato, brutta pazza che non sei altro." esplose Stefano, prima di lasciar cadere il cellulare sul ripiano del tavolo, e andare precipitosamente alla finestra.

Stefano si affacciò. Quel che vide lo fece diventare rosso dalla rabbia. Appena dentro il cancello, sparsi sul prato del giardinetto, c'erano una frusta, del tipo gatto a nove code, un paio di calze a rete nere, una parrucca bionda per donna, un paio di manette e due scarpe rosse con i tacchi a spillo. Come un fulmine, uscì dall'abitazione.

Correndo Stefano arrivò in giardino. Rapidissimo raccolse tutti gli oggetti e rientrò in casa, ma non prima di aver dato una rapida occhiata verso la villa di Elena. Lei era lì, affacciata alla finestra che rideva e lo salutava muovendo un braccio. Per strada non c'era nessuno. Stefano la guardò per un secondo, forse due, respirando affannosamente, prima che lei si ritirasse dalla finestra, mentre lui fece ricorso a tutta la forza che riuscì a trovare in sé stesso, per non andare sotto quella finestra e mettersi a gridare, con quanto fiato aveva in corpo, che lo lasciasse in pace. Nonostante la rabbia che provava, Stefano si rendeva conto che se avesse agito in quel modo, sarebbe passato dalla parte del torto. In questo caso, lei, avrebbe potuto rovesciare la situazione a suo favore, e farlo passare per uno stalker, dicendo che era lui a renderle la vita impossibile. E forse lei, come piano B, aveva in mente proprio questo. Di una cosa Stefano era certo, Elena era disposta a tutto pur di fargliela pagare. Perché a lei: nessuno poteva dire di no.

Stefano fissava gli oggetti che aveva raccolto in giardino. Li aveva poggiati sul suo tavolo da lavoro. Il rossore nel suo viso era aumentato e respirava a fatica. Improvvisamente, attraverso il cellulare poggiato vicino agli altri oggetti, del quale non aveva chiuso la comunicazione, sentì di nuovo la risata sarcastica di Elena. A questo punto, Stefano perse completamente il controllo. Afferrò il cellulare e rispose gridando come un ossesso:

"Maledetta! Non ne posso più di te! Mi fai

schifo, capito! Mi fai schifo!"

Dall'altro capo della linea, Elena non la smetteva di ridere.

"Sei un pervertito. Tutti lo devono sapere."

Elena rideva sempre di più. Ormai era fuori controllo. Stefano, allora, decise di colpirla su quella che era o avrebbe dovuto essere, l'unica cosa a lei cara: suo figlio.

"Adesso ti vado a denunciare. Pensa che bella pubblicità per tuo figlio, quando lo sapranno i suoi compagni dell'accademia militare."

Stefano si fermò, ansimante, in attesa di una reazione da parte di Elena, che però non ci fu.

"Allora? Non dici più niente adesso? Hai perso la voce. Ho toccato il tuo punto debole, vero? Su, dì qualcosa." insistette sfidandola. Rimase in attesa ancora un po', senza ricevere risposta, fino a quando non gli sorse il dubbio che Elena avesse riattaccato.

"Pronto? Pronto?"

Infatti era così. Elena aveva riattaccato, senza sentire la minaccia di Stefano, che sibilando tra i denti imprecò:

"Maledetta!"

E chiuse a sua volta la comunicazione.

Il naso freddo e umido di Mindy che gli annusa la guancia mugolando, lo riporta al presente. Stefano abbraccia affettuosamente la cagnolina con un braccio, mentre con la mano dell'altro accartoccia il pezzo di fotografia preso dal giornale. Mindy se ne accorge e inizia a mugolare in segno di disapprovazione.

18

È mattina presto. Stefano sta dormendo. Dal piano di sotto si sente il campanello del citofono squillare con insistenza. Mindy inizia ad abbaiare. Tra sonno e veglia, Stefano alza un po' la testa dal cuscino, in quel momento il campanello smette di suonare, ma quasi subito ricomincia. Stefano si alza e raggiunge la finestra velocemente. Giù, davanti al cancello, il Commissario Marini e l'Ispettore Santi, con almeno dieci poliziotti in divisa al seguito, attendono che lui apra. Stefano si affaccia alla finestra, e domanda:

"Che succede?"

"Abbiamo un mandato di perquisizione. Apra!" risponde il Commissario.

Stefano se lo aspettava, ma non così presto. Tuttavia non può fare altro che adeguarsi alla circostanza ed essere collaborativo.

"Il tempo di vestirmi e vi apro."

"Faccia in fretta." lo incalza con tono autoritario il Commissario Marini.

La perquisizione è iniziata da almeno mezz'ora. Alcuni poliziotti stanno perquisendo il salotto. Guardano ovunque. Stefano li osserva tenendo Mindy in braccio. La barboncina guarda con sospetto quegli strani individui, tutti vestiti allo stesso modo, che avevano invaso il suo territorio. Vicino a Stefano c'è il Commissario Marini. Stefano indossa dei pantaloni, sopra i quali ha ancora la giacca del pigiama e le pantofole ai piedi. Rivolto al Commissario Marini chiede:

"Posso andare in camera per finire di vestirmi?"

"Certo. L'accompagno." risponde il Commissario, indicando a Stefano, con un cenno della mano, di precederlo. Infastidito, ma facendo buon viso a cattivo gioco, Stefano si avvia verso le scale che portano al piano superiore, seguito dal Dottor Marini, da un polizotto e preceduto da Mindy.

Nello studio, l'Ispettore Santi, aiutato da due agenti, perquisisce ogni angolo, mentre altri tre agenti sistemano delle microspie dietro un quadro, dietro la libreria e sul lampadario. In quel momento l'Ispettore sta esaminando l'agenda dei numeri telefonici alla lettera Z, nella speranza di trovare un numero intestato a Elena Zampi, ma non trova nulla. Deluso, prosegue la perquisizione controllando i cassetti della scrivania.

Dentro il bagno, un agente in piedi sopra una

sedia, controlla lo sciacquone del water. Terminata quest'operazione, scende dalla sedia, sposta lo specchio, quello dietro il quale Stefano ha nascosto il pezzo di fotografia, e controlla il retro: ma non trova nulla.

Nel posto macchina coperto, due poliziotti perquisiscono la vettura di Stefano e, contemporaneamente, collocano delle microspie sotto il sedile.

Nel frattempo al piano superiore, Stefano, seduto sul suo letto, dopo aver indossato una camicia e si sta infilando i calzini. Il poliziotto in divisa, fermo nel riquadro della porta, osserva in silenzio ogni suo movimento. A braccia conserte, poggiato con una spalla al bordo dell'armadio, il Commissario Marini guarda Mindy acquattata sul pavimento vicino a Stefano. A uno sguardo superficiale, la barboncina potrebbe apparire tranquilla, ma non lo è, tutto quel trambusto non fa per lei e solo gli insistenti rimproveri di Stefano, hanno fatto sì che la smettesse di ringhiare. Proprio partendo da una riflessione su Mindy, il Commissario Marini formula la sua prima domanda a Stefano.

"Come mai lei ha il cane di una sua vicina".

"Arianna è andata a trovare la madre, che non sta bene, ed io mi sono offerto di tenere Mindy per un paio di giorni. Dovrebbe tornare oggi."

"Da quanto tempo esiste, questo rapporto tra voi."

"Ma se già sapete tutto, perché mi fa questa domanda."

"Lei risponda."

Stefano, sospirando con aria rassegnata, risponde:

"È nato ultimamente."

"Sia più preciso, se non le dispiace. È nato prima o dopo il delitto della signora Zampi?"

Stefano è sul punto di reagire, ma si trattiene.

"Dopo." afferma con rassegnazione.

"E come vi siete conosciuti."

"La sera che avete scoperto il cadavere di Elena Zampi. Lei era tra il gruppo di curiosi, come me, ed io le ho chiesto se sapeva cos'era successo. È cominciata così."

"Come primo incontro, non è stato molto romantico."

"È quello che ci ha offerto il destino."

"Ha raccontato alla signorina Conti che l'abbiamo già interrogata una volta."

"Non ce n'è stato bisogno. Ci hanno pensato i vicini."

"E come ha reagito la signorina Conti."

"È preoccupata per me."

"Allora non è certa della sua estraneità."

A quella provocazione, Stefano abbozza un sorriso sforzato.

"Domandatelo a lei."

"Lo faremo. Stia tranquillo." è la risposta implacabile del Dottor Marini. Stefano, come se non avesse sentito, si alza dal letto e finisce di vestirsi infilando la camicia dentro i pantaloni. Mindy, vedendo che Stefano si è alzato dal letto, inizia a scodinzolare, sperando che sia arrivata l'ora della passeggiata.

In quel momento, in cucina, sotto la credenza, un poliziotto trova la mezza fotografia ritagliata dal giornale di cui si è servito Stefano per tentare di addestrare Mindy. Il poliziotto la raccoglie e la mette dentro una busta di plastica.

Nella stanza da letto il Commissario Antonio Marini continua a interrogare Stefano.

"Forse, l'omicida considerava la signora Zampi una tardona, buona solo per le sue distrazioni!" il Commissario si ferma un attimo, prima di aggiungere guardando Stefano dritto negli occhi:

"È così?"

"Questo lo deve chiedere all'assassino. Non a me."

"Infatti, sarà lui a dircelo, quando capirà che non ha scampo e che la confessione è la via migliore." controbatte con sicurezza il Dottor Marini.

"Parla come se già sapesse chi è".

"Esatto. Ormai sappiamo chi è."

"Perché non lo arrestate, allora."

"Non abbiamo ancora la prova che cerchiamo."

"Allora non sapete chi è."

"Signor Landi, arriverà il momento in cui tutte queste risposte, buone solo a ostentare una sicurezza che non prova, non le serviranno più a niente."

"Dottor Marini, dovrebbe sapere che l'eccesso di sicurezza porta a grosse delusioni."

"E lei dovrebbe sapere che la mancanza di buon senso, porta a commettere un errore dietro l'altro."

Stefano non risponde. Anche perché non saprebbe cosa dire, e mai come in quel momento preferirebbe che tutto intorno a lui si svolgesse in silenzio. Ma il Commissario Marini non è intenzionato a mollare, e dopo qualche secondo riprendere a infierire su Stefano.

"A proposito, i miei collaboratori hanno rintracciato il negozio dove la signora Zampi ha comprato due cornici identiche di cristallo Swarovski. A casa sua ne hanno trovata una solo. Adesso stiamo cercando l'altra."

Stefano si sente attanagliare lo stomaco, e comincia a respirare più in fretta. Tuttavia riesce a dire:

"La cosa dovrebbe interessarmi?"

"Non lo so. Me lo dica lei."

Proprio in quel momento arriva l'Ispettore Santi. Ha in mano la busta trasparente con dentro il pezzo di fotografia che Mindy aveva nascosto in cucina.

"Dottor Marini. Volevo farle vedere questa. L'abbiamo trovata sotto la credenza in cucina."

Così dicendo l'Ispettore Santi porge la busta

trasparente al Commissario Marini. Il Commissario prende la busta e guarda la donna ritratta nella mezza foto.

"Mora, a occhio e croce oltre la cinquantina. - rivolgendosi a Stefano - Lo stesso tipo della signora Zampi. Chi è?"

"Non lo so! L'ho ritagliata da un giornale."

"Perché? Le piacciono le donne more e di mezza età?"

"Adesso basta! Parlerò solo difronte al mio avvocato." reagisce bruscamente Stefano.

"Mi domandavo quando l'avrebbe detto." sorride ironico il Commissario Marini, mentre l'Ispettore Santi restituisce a Stefano le chiavi della sua macchina, che si era fatto consegnare per farla perquisire. Subito dopo si rivolge al suo superiore:

"Dottor Marini, noi abbiamo finito."

"Bene. – rivolto a Stefano - Ce ne andiamo. Non lasci la città senza avvertirci." raccomanda il Commissario a Stefano, che si limita ad annuire muovendo la testa.

L'Ispettore Santi, seguito da tutti i poliziotti che hanno eseguito la perquisizione, sta uscendo dal cancello, oltre il quale si trovano a dover sfilare in mezzo a un gruppo di curiosi. Alcuni poliziotti hanno in mano degli scatoloni dentro i quali c'è il materiale sequestrato. Stefano, dalla finestra, guarda tutta quella gente che si è raccolta davanti al suo cancello, molti dei quali, ne è certo, sono convinti che sia lui l'assassino. E hanno ragione.

19

È l'imbrunire, l'ora in cui, qualche giorno prima, Stefano aveva ucciso Elena Zampi. Ogni giorno, a quell'ora, si avvicinava alla finestra del suo studio e guardava oltre i vetri, fissando la casa della donna che, forse, almeno un po' aveva anche amato e alla quale aveva dato la morte. Difficilmente sarebbe riuscito, anche se l'avesse fatta franca, a cancellarne il ricordo. Di questo era consapevole. Anche quella sera non faceva eccezione, rispetto alle altre, Stefano è lì che guarda oltre i vetri. Il suo sguardo, però, non è concentrato sulla villa di Elena, ma su un piccolo tratto di terreno, vicino al muretto di cinta del suo giardino.

Più tardi, Stefano, proprio in quel punto del suo giardino, approfittando del fatto che in quel momento non c'è nessuno che passeggia lungo il quartiere, sta rimuovendo una zolla di terra, sotto la quale c'è un piccolo involucro di plastica. Stefano lo prende, ricopre velocemente il buco e rientra in casa.

Nel bagno, Stefano apre il piccolo involucro e ne estrae il pezzo di fotografia, che aveva nascosto dietro lo specchio, e lo nasconde di nuovo lì. Aveva corso un bel rischio a non distruggerlo e ancora lo stava correndo, ma peggio sarebbe stato se Arianna avesse trovato l'altro pezzo della foto, quello dove c'era Elena. No, non poteva correre questo rischio, doveva tentare con ogni mezzo di rientrarne in possesso. In quel momento, sente il suono del cellulare che ha lasciato sul tavolo nello studio.

Con passo veloce, Stefano entra nello studio, si avvicina al tavolo, prende il cellulare e risponde.

"Pronto? "

"Ciao, sono Arianna, come va."

"A parte la perquisizione della polizia, tutto ok."

"Si sono concentrati su di te."

"Direi proprio di sì. Non posso neanche lasciare la città, senza avvertirli."

"Mi racconti tutto domani sera. Ceniamo a casa mia."

"Va bene."

"E Mindy, che cosa combina?"

"Mi tiene compagnia. È un'animale adorabile."

"Senti, io torno domani mattina e vado direttamente in ufficio. Ti crea problemi, se la passo a prendere nel pomeriggio?"

"No. Assolutamente. Mi hanno sequestrato tutto. Non posso più neanche lavorare. Quindi

posso dedicare tutto il mio tempo a Mindy."
Arianna ride affettuosamente.

"D'accordo, allora, ci vediamo domani sul tardo pomeriggio e domani sera vieni a cena da me. Buona notte."

"Ti voglio bene." le dice Stefano con tenerezza, quasi sussurrando.

"Anch'io." risponde Arianna con infinita dolcezza.

Si erano presentati nel suo ufficio, così, all'improvviso, puntando, com'era evidente, sull'effetto sorpresa. Adesso erano lì, seduti difronte a lei. Le avevano chiesto, con ogni cortesia, se potevano farle qualche domanda su Stefano Landi. Arianna, non ritenne opportuno sottrarsi a quella richiesta. La cosa migliore da fare, per non inimicarseli, era di rispondere.

A questo pensava, mentre, seduta dietro la scrivania del suo ufficio, difronte al Commissario Antonio Marini e all'Ispettore Giulio Santi, rispondeva alla prima domanda.

"No. Non conoscevo la signora Zampi. Credo che non la conoscesse nessuno, nel quartiere."

"E lei, chi conosce nel quartiere, oltre al signor Landi?" le domanda il Dottor Marini.

"I coniugi Renda."

"E nessun altro?"

"No. Nessun altro."

"Quindi, non sa dirci se il signor Landi conosceva Elena Zampi."

"Non credo che la conoscesse."

"Non crede, o le risulta che non la conosceva?"

"Se l'avesse conosciuta, qualcuno se ne sarebbe accorto."

"Sì, ma a lei che cosa ha detto." insiste il Commissario.

"Che non la conosceva."

Ammette Arianna provando rabbia contro se stessa, per non aver riferito subito, che Stefano le aveva detto di non conoscerla.

"E lei gli crede."

"Certo."

"Da quanto tempo lo conosce."

"Dalla sera del ritrovamento del cadavere."

"Quindi lo conosce bene." interviene con ironia l'Ispettore Santi.

"Mi fido del mio istinto." risponde Arianna ostentando indifferenza.

"Quando c'è di mezzo il sentimento, è meglio non farlo." obietta l'Ispettore Santi.

"Mi piace rischiare." risponde seccamente Arianna, facendo capire all'Ispettore che, lei e soltanto lei, può decidere cosa fare della sua vita.

L'arroganza con cui Arianna ha risposto all'Ispettore Santi, non piace al Commissario Marini, il quale, intervenendo con tono risoluto, la ammonisce:

"Il problema, è che lei sta rischiando veramente e non se ne accorge."

Detto questo, il Dottor Marini guarda l'Ispettore

Santi per un attimo, prima di proseguire.

"Il signor Landi, le ha detto che qualche tempo fa, qualcuno ha attaccato al cancello di casa sua, un cartello con la scritta: sei un pervertito?"

"Non ce n'era bisogno. Nel quartiere lo sanno tutti."

"Quello che vogliamo sapere da lei, è se lui glielo ha detto o no." insiste con fermezza, il Commissario.

"No." risponde Arianna, tentando di mascherare il suo nervosismo.

"E quante altre cose le avrà tenuto nascoste." la provoca il Dottor Marini, avendo percepito il suo disagio.

"Non mi sono posta il problema." resiste lei.

"Farà bene a porselo, invece." la ammonisce ancora il Commissario.

Per qualche secondo nella stanza cade il silenzio, poi il Commissario Marini prosegue con tono conciliante:

"Senta Arianna, a questo punto è chiaro che il signor Landi è una persona molto importante, per lei. O mi sbaglio."

"No. Non si sbaglia. Anzi posso dirle che lo diventa ogni giorno di più."

"Allora perché non lo aiuta."

Arianna, guarda per qualche secondo, con attenzione, il Commissario Marini, prima di domandare con tono di sfida:

"E come. Spingendolo a confessare?"

"Sì. Lo farebbe nel suo interesse. Secondo noi, si tratta di un delitto preterintenzionale. L'assassino ha ucciso senza volerlo, probabilmente per difendersi da un attacco della sua vittima."

"E quindi?"

"Convinca il signor Landi a collaborare. È la cosa migliore. I giudici ne terranno conto."

"Mi sembra un'ottima idea. – condivide Arianna fingendosi d'accordo - C'è solo un piccolo particolare, che non lo rende possibile."

"Quale?"

Arianna guarda negli occhi il Commissario e con determinazione afferma:

"Il signor Landi non ha ucciso Elena Zampi."

Il Commissario Marini e l'Ispettore Santi, si scambiano uno sguardo d'intesa. È chiaro che, almeno per ora, da Arianna Conti non otterranno niente di più. Entrambi si alzano dalle rispettive sedie.

"Bene, noi ce ne andiamo." mentre si alza, il Commissario Marini estrae dalla tasca della giacca un biglietto da visita e lo porge ad Arianna.

"Prenda questo. Se dovesse cambiare idea, mi chiami."

Mentre finisce di bere il suo caffè, Arianna ripensa all'incontro che aveva avuto quella mattina con i due poliziotti. Ormai, nella sua testa, dominava un solo pensiero: doveva aiutare Stefano. Lo doveva fare senza dirgli niente, perché sapeva che lui avrebbe rifiutato il suo aiuto, per timore che si compromettesse, ma lei: lo doveva in ogni caso aiutare, senza domandarsi troppo se era colpevole oppure no. Se Stefano era l'assassino, quello che aveva fatto, era sicuramente dovuto a una reazione d'impeto, per difendersi. Una maledetta circostanza avversa. Proprio come aveva ipotizzato il Commissario Marini. Lei non era più, ormai da molto tempo, una scolaretta, e non avrebbe mai creduto di potersi innamorare in quel modo e così in fretta, ma era successo, e adesso avrebbe fatto qualunque cosa pur di non perdere Stefano. Bevuto l'ultimo sorso di caffè, Arianna va alla cassa e posa un euro sul piattino dei soldi. Quando il cassiere, un uomo anziano, le rilascia lo scontrino accompagnando il gesto con un sorriso di evidente gradimento verso di lei, Arianna, cortesemente, domanda:

"Mi scusi, ho dimenticato il cellulare a casa, posso usare il suo telefono, per cortesia. Naturalmente pagando per il disturbo."

"Ma si figuri. Telefoni pure. È lì." acconsente il cassiere, indicandole il telefono posto sul ripiano del banco.

"Grazie." risponde lei, sorridendogli cordialmente.

Arianna compone un numero. Quasi subito le rispondono.

"Ciao, sono Lucilla. Senti, fra un'ora e mezza sarò davanti al negozio di tende. Mi passi a prendere per favore? Ok. A dopo."

Rivolta al cassiere:

"Grazie ancora." dice Arianna regalandogli il migliore dei suoi sorrisi.

"È stato un piacere aiutare una donna che si chiama Lucilla. È un nome bellissimo." sottolinea con gentilezza il cassiere.

"È solo un nome come tanti." risponde Arianna con modestia, avviandosi verso l'uscita.

22

A quell'ora, è il primo pomeriggio, il parco di Villa Borghese è molto frequentato. Lo era sempre a dire il vero, a qualunque ora del giorno. Oltre alle solite persone che fanno jogging nei viali che lo suddividono, ce ne sono altrettante, da sole o in coppia, che mangiano un panino o amoreggiano, sedute sulle panchine sparse qua e là, lungo le numerose vie e viuzze, che s'intersecano nel mezzo di tutta l'area verde.

Arianna conosceva bene quel parco. Vi aveva trascorso molte ore felici e spensierate, anni addietro. I suoi pensieri lieti, rivolti al passato, s'interrompono quando, da lontano, vede Edoardo Lelli che la saluta sorridente, muovendo un braccio per farsi notare. Edoardo era stato il suo ragazzo ed è un investigatore privato. In passato hanno lavorato insieme. La telefonata di poco prima, al bar, era diretta a lui. Il nome Lucilla, lo avevano concordato tra loro molto tempo prima, nel caso fosse stato necessario telefonare usando un codice di sicurezza, così come, il negozio di tende, era riferito al parco di Villa Borghese. Eliminata la distanza che li separava, Arianna e Edoardo si stringono l'una all'altro con sincero affetto, felici di rivedersi dopo tanto tempo. Terminate le effusioni, tra i due vecchi amici, ed ex amanti, Arianna prende Edoardo sottobraccio e insieme iniziano a camminare lungo il viale.

Passeggiano per un po', aggiornandosi a vicenda su quanto è successo dall'ultima volta che si sono visti, fino a quando, Arianna, inizia a introdurre, non senza imbarazzo, il motivo per cui l'ha voluto incontrare.

"Ti debbo parlare di una cosa molto delicata."

"Certo. Altrimenti non avresti usato la nostra procedura d'emergenza." sottolinea Edoardo sorridendo.

"Per un attimo ho temuto che mi rispondessi: Lucilla chi?"

"Non c'è pericolo. Solo tu hai avuto quel nome in codice. E tu non sei stata una qualunque, per me." dice Edoardo, tentando di rievocare i bei tempi passati.

"Dai, lasciamo stare il passato." lo blocca subito Arianna.

"Okay. Okay. Non metterti sulla difensiva e dimmi di che si tratta." corre subito ai ripari lui.

"Continuiamo a camminare. Ne ho bisogno, mentre ti racconto questa cosa." Arianna pronuncia queste parole guardandosi alle spalle.

"Potremmo essere seguiti?" domanda Edoardo allarmato, mentre si guarda anche lui alle spalle.

"Non credo. E anche se ci seguono, è la polizia, quindi non dobbiamo preoccuparci."
Edoardo smette di camminare e guarda Arianna.

"Spero che tu stia scherzando. Quelli mi revocano la licenza." esclama intimorito.

"Ma certo che scherzavo" – ride divertita Arianna – Dai camminiamo."
Mentre Arianna racconta, l'espressione sul viso di Edoardo cambia diventando seria.

Arianna ha raccontato tutto sulla relazione tra lei e Stefano. Adesso Edoardo è sinceramente preoccupato.

"Cristo! Arianna, ma proprio di un assassino ti vai a innamorare." esclama lui, come se Arianna avesse commesso un errore di scelta, e non come se il suo interesse per Stefano, fosse imposto da un sentimento d'amore.

"Non è un assassino." reagisce lei, infastidita.

"A no? E come fai a esserne certa. Ha l'età del misterioso amante. È un architetto. Abita vicino alla casa della vittima. Aveva un movente. Ha avuto l'occasione, di che altro hai bisogno, per farti venire, almeno, un lecito dubbio."

"Ti sbagli, ti dico. Lui non è un assassino." insiste lei con fermezza.

"Santo cielo, Arianna, ma cos'ha di speciale questo Stefano. Hai perso tutto il tuo buon senso. Tra noi due, una volta, eri tu quella che aveva sempre i piedi per terra." tenta di scuoterla Edoardo.

"Le persone cambiano." sorride lei, maliziosa.

"Lo vedo." è la risposta sconsolata di Edoardo.

"Mi aiuterai?" insiste lei con aria civettuola.

"Sei proprio decisa ad andare fino in fondo. Vero?"

"Sì."

Edoardo la conosceva bene. Sapeva che era inutile, aspettarsi da lei una risposta diversa, da quella che gli aveva appena dato. Arianna era così, se aveva deciso di andare fino in fondo, a costo di mettersi nei guai, lo avrebbe fatto, quindi, tanto valeva aiutarla.

"Cosa vuoi che faccia." le domanda, con il tono di chi è stato sconfitto.

"Bravo. Questo è l'Edoardo che mi piace." esulta Arianna.

"Andiamo a sederci." aggiunge subito dopo, trascinandolo verso una panchina libera.

"Sì, è meglio. Cosi se mi viene un malore, almeno sono seduto."

Arianna ride mentre si siedono.

Dentro il parco di Villa Borghese, la varietà di persone è leggermente cambiata. Non ci sono più quelli che occupavano le panchine durante la pausa pranzo. Come se si fossero dati il cambio, adesso ci sono molti anziani, che guardano sfilare davanti ai loro occhi quel mondo che un tempo, ormai lontano, era stato anche il loro. È il mondo delle persone più giovani, di quelli che fanno jogging, di quelli portano a passeggio i loro cani, delle coppiette d'innamorati, e dei turisti che visitano quello stupendo spazio verde nel cuore di Roma.

Edoardo e Arianna, seduti sulla panchina da oltre un'ora, parlano intensamente. Edoardo ha tutt'altro che un'aria serena, è evidentemente preoccupato per la richiesta che Arianna gli ha fatto, e le sta parlando con tono accorato.

"Con un disturbatore di frequenze, isoli anche i tuoi vicini."

"Lo attiverò solo quando Stefano è con me."

"Cioè ventiquattrore su ventiquattro. Ancora un po' e vi sposate." ironizza Edoardo sforzandosi, perché, nella situazione che stava vivendo, c'era poco da ironizzare.

"E dai, smettila di scherzare. Sono certa che mi hanno messo le cimici dappertutto."

"Questo è poco ma sicuro." concorda lui.

"Per questo ho bisogno di un Jammer. Me ne serve uno dal quale non si possa risalire al proprietario. Nel caso la polizia me lo trovasse. Chiedimi la somma che vuoi."

"È una follia." le dice lui usando un tono accorato, nella speranza di riuscire a responsabilizzarla.

"Mi aiuti o no." conclude lei, con il tono di chi non vuole sentir ragioni.

Dopo una lunga pausa, durante la quale Arianna ha temuto che lui ci stesse ripensando, Edoardo, scuro in viso, cede:

"Certo che ti aiuto."

"Sei un tesoro." Arianna abbraccia e bacia Edoardo, al colmo della gioia.

"Ma quale tesoro, sono un emerito imbecille, altro che tesoro. Sto per rovinare la vita a me e a te." sentenzia Edoardo contro sé stesso, alzandosi dalla panchina.

"Non fare così, mi fai sentire in colpa."

"Quando la polizia ci porterà a Regina Coeli, ti sentirai molto peggio."

"E smettila di fare il gufo." prova a scherzarci su Arianna.

"Adesso così finisce, che io sono il gufo." si ribella Edoardo.

Arianna ride.

"E dai! Vedrai che andrà tutto bene."

"Lo spero per tutti e due. Rivediamoci qui, tra due ore."

"D'accordo. Io intanto vado al bancomat. Dimmi quanto devo prelevare."

"Niente soldi. Me lo pagherai solo se non me lo restituisci."

"Poi dici che non sei un tesoro."

La sincera gratitudine di Arianna, non scioglie la titubanza di Edoardo.

"Un pazzo, sono. Altro che tesoro."

Edoardo se ne va, seguito dallo sguardo

sorridente e affettuoso di Arianna.

23

Quella sera, come convenuto il giorno prima per telefono, Stefano è a cena a casa di Arianna. Hanno quasi finito di mangiare. Arianna sta sbucciando una mela. Mindy se ne sta pacificamente accucciata sul pavimento, vicino alla ciotola per il cibo, vuota. Stefano ha mangiato pochissimo. Ha in viso un'espressione cupa. E c'è un buon motivo, uno in più, perché egli non sia allegro. Quel pomeriggio, il suo avvocato, lo aveva informato che era stato iscritto sul registro degli indagati. Adesso, il suo nome sarebbe rimbalzato su tutti i giornali, e sui notiziari di tutte le televisioni.

Arianna lo guarda con apprensione. Non gli ha parlato dell'incontro che ha avuto con Edoardo nel pomeriggio. Non l'ha ritenuto opportuno. Stefano ha già troppi pensieri per la testa, pensò, era inutile sovraccaricarlo ulteriormente, aggiungendone degli altri. Entrambi sapevano perfettamente, d'essere solo all'inizio e che l'azione d'indagine della polizia, si sarebbe fatta sempre più incisiva. Loro due, quindi, non avrebbero avuto tregua. Stefano doveva, quindi, mantenere la massima concentrazione e disporre di tutte le sue energie, per difendersi nel modo migliore. Lei lo avrebbe sostenuto in tutti i modi. E non gli avrebbe detto niente, della sua parallela azione di sostegno, fino a quando non l'avesse ritenuto opportuno. Quella sera, appena rientrata in casa, aveva nascosto, dopo averlo attivato, il disturbatore di frequenze che Edoardo le aveva procurato. Sapeva bene a cosa andava incontro. Il suo era un comportamento incosciente quanto quello di Edoardo, che rischiava, di sicuro, più di lei. Trovava assurdo che lui, Edoardo, pur rendendosene conto, avesse deciso di aiutarla comunque. Edoardo era un professionista serio e capace, eppure le era bastato chiedergli di aiutarla e lui, sia pure con qualche esitazione, aveva accettato di farlo. Era mai possibile, che un legame passato, ormai morto e seppellito, almeno per lei, avesse su di lui ancora una tale influenza, da non farlo ragionare fino al punto di rischiare la sua licenza d'investigatore? Sarebbe stata la sua rovina, ma per quanto incredibile, sembrava che le cose stessero proprio così…oppure no. Ascoltando la sua voce di dentro, Arianna era portata a credere, in alternativa, che il coinvolgimento di Edoardo, fosse dovuto al desiderio di partecipare, di dare comunque un contributo al caso, sia pure schierandosi dalla parte sbagliata. Per lui bastava esserci dentro, lei lo conosceva bene sotto quest'aspetto, e ne aveva approfittato. Adesso sentiva sulle sue spalle, la doppia responsabilità di aiutare Stefano e di non compromettere Edoardo. Non era poco, ma lei non si scoraggiava.

Stefano, le aveva raccontato, per filo e per segno, come si era svolta la perquisizione in casa sua il giorno prima. Poi, era piombato in un cupo silenzio. Per scuoterlo, Arianna, decise che quello era il momento di metterlo al corrente, della visita che aveva ricevuto lei, quella mattina nel suo studio, dal Commissario Marini e dall'Ispettore Santi. Pacatamente, inizia dicendo:

"Anch'io ho da dirti qualcosa."

"Dimmi."

Arianna, nel frattempo, ha finito di sbucciare la mela, ma improvvisamente non ha più voglia di mangiarla. Posa il frutto sul piattino, il coltello sul tavolo e inizia a raccontare:

"Questa mattina, nel mio ufficio, sono venuti il Commissario Antonio Marini e l'Ispettore Giulio Santi."

"Ti avranno messa sotto torchio, immagino. Tanto per usare uno dei loro demenziali modi di dire."

"Sì, mi hanno fatto un sacco di domande."

"Che genere di domande."

"Volevano sapere se tu conoscevi Elena Zampi, se io la conoscevo, da quanto tempo esiste il nostro rapporto... ".

"Se sono io l'assassino..." la interrompe Stefano con sarcasmo. Arianna lo guarda per un attimo senza dire niente, poi, sfruttando il fatto che aveva toccato lui per primo questo aspetto del problema, aggiunge:

"Sì. Sono convinti che l'assassino sia tu. Pensano che, chi ha ucciso Elena Zampi, l'ha fatto senza volerlo. Dicono che è un delitto preterintenzionale."

"Può darsi benissimo che sia andata così. Solo che non sono stato io a ucciderla."
Stefano si alza dalla sedia, ha bisogno di scaricare la tensione che quel discorso gli sta causando. Fa qualche passo intorno al tavolo riflettendo in silenzio, sotto lo sguardo apprensivo di Arianna, che nel frattempo si è alzata anche lei, prima di proseguire:

"Domani andrò dall'Avvocato. È ora di cominciare ad alzare la guardia. Altrimenti, finisco veramente per pagare io al posto di qualcun altro."

"Dovresti averlo già fatto."

"Hai ragione"

"Ti devi difendere con tutte le tue forze. E per ogni cosa, puoi contare su di me." lo sprona Arianna. Stefano guarda Arianna con attenzione e dice:

"Non ne dubitavo." poi, sorridendole amorevolmente, aggiunge:

"Si vede subito che sei una combattente. Se non ci fossi tu, sarei solo e disperato."

"Ma io ci sono."

"Per mia fortuna."

Si guardano in silenzio. I loro occhi si fissano, poi, in un attimo, si ritrovano completamente persi, l'una nelle braccia dell'altro, con le loro labbra incollate in un bacio che porta con sé tutto il loro amore e tutta la loro disperazione.

Dopo un po', Arianna, interrompendo quel vortice di passione e staccandosi dolcemente da Stefano, suggerisce:

"Preparo il caffè?"

"Buona idea. - approva Stefano - Io intanto vado in salotto a giocare un po' con Mindy."

"Va bene. Metto i piatti nella lavastoviglie, preparo il caffè e vi raggiungo."

"Mindy. Dai! Vieni con me."

Appena Mindy sente pronunciare il suo nome si alza di scatto e, vedendo Stefano che va verso il salotto, lo segue scodinzolando, convinta che sia arrivata l'ora della passeggiata.

Appena giunto in salotto, Stefano si volta a guardare brevemente verso la cucina, anche se dal punto in cui si trova, non può vedere quello che vi sta succedendo. Rassicurato, però, dal rumore dei piatti che si toccano, mentre Arianna li mette nel cestello della lavastoviglie, Stefano non perde altro tempo, e inizia subito a perquisire il salotto, seguito da Mindy, eccitatissima, perché crede che stia per cominciare un nuovo gioco. Stefano, tutto preso dalla sua perquisizione, non si accorge che il rumore prodotto da Arianna, mentre usava la lavastoviglie, è cessato, ed è stato sostituito da quello della macchinetta elettrica per fare il caffè. Anche questo rumore, presto finisce, ma Stefano non se ne rende conto, fino a quando, improvvisamente, alle sue spalle la voce di Arianna lo fa sobbalzare:

"Che cosa stai cercando?"

Con queste parole, Arianna, che ha in mano un vassoio con due tazzine di caffè e la zuccheriera, sorprende Stefano mentre sta guardando sotto una poltrona. Preso dall'ansia di riuscire a trovare l'altro pezzo della fotografia, non l'aveva sentita arrivare. Ora davanti al viso meravigliato di lei, ostentando un tono di voce il più normale possibile, Stefano risponde:

"Ho visto Mindy infilarsi sotto la poltrona, come se stesse cercando qualcosa e stavo controllando, ma non ho trovato niente."

"Domani mattina controllerò io. Quella piccola peste mi porta in casa di tutto."

Dimenticato all'istante quell'episodio, Arianna e Stefano, si siedono sul divano e iniziano a bere il caffè. Mentre bevono il caffè, il cellulare di Arianna, poggiato sul tavolino, inizia a suonare.

"Oh, no! Ma chi sarà a quest'ora." esclama lei con tono infastidito.

Prima di rispondere, Arianna guarda il display. Sul suo volto compare subito un sorriso. "È mia madre" dice a Stefano con entusiasmo.

"Ciao mamma. Come stai... No, perché?" Mentre ascolta la risposta di sua madre, il sorriso dal volto di Arianna scompare, per lasciare il posto a un'espressione via via sempre più preoccupata. Stefano se ne accorge e la guarda con apprensione, ansioso di chiederle che cosa sia successo.

"Ti richiamo dopo." Arianna chiude frettolosamente la comunicazione.

"È successo qualcosa?" domanda Stefano.

"Aumentano i problemi, ecco cosa è successo. - risponde Arianna con tono stizzito, alzandosi di scatto dal divano - Davanti alla villa di Elena Zampi, c'è una troupe televisiva." aggiunge mentre va rapidamente alla finestra.

"Cosa?" esclama Stefano allarmato, raggiungendola quasi di corsa.

"Maledizione! Sono proprio qui fuori." sbotta Stefano.

"C'era da aspettarselo." commenta freddamente Arianna.

Dario Contini, giornalista televisivo della trasmissione Indagini in Diretta, sta parlando rivolto verso la telecamera. Alle spalle dell'operatore di ripresa, si è raccolta una piccola folla di curiosi, in mezzo alla quale ci sono anche la signora Luisa e il signor Fausto.

Stefano e Arianna osservano dalla finestra quanto sta avvenendo. Per un po' nessuno dei due commenta. Fino a quando Arianna si allontana dalla finestra e va verso il tavolino, sopra il quale c'è il telecomando del televisore.

"Voglio sentire cosa dicono."

"Ci mancava solo la televisione, adesso." commenta Stefano con voce carica di tensione, mentre Arianna prende il telecomando e preme il pulsante. In breve lo schermo s'illumina e compare l'immagine di Dario Contini. Il giornalista si trova proprio davanti alla villa di Elena Zampi, e sta aggiornando i telespettatori sugli ultimi sviluppi del caso.

"Quella che vedete alle mie spalle, è la casa dov'è stata assassinata Elena Zampi. La donna è stata uccisa con un brutale colpo alla mascella, forse vibrato con un corpo contundente, che la polizia avrebbe identificato in una piramide di cristallo, del peso di oltre cinquecento grammi."

Stefano, continua a guardare dalla finestra, quanto avviene davanti alla villa della sua ex amante.

All'esterno, Dario Contini prosegue nel suo resoconto:

"Voci non confermate parlano di un misterioso amante della vittima, sulla cui identità gli inquirenti mantengono il massimo riserbo."

Il volto di Stefano, ora, sembra una maschera di gesso, tanto gli si sono irrigiditi i muscoli del viso, ascoltando le ultime parole del telecronista.

"Ci siamo!" dice si allontanandosi dalla finestra.

"Eh, sì. È iniziata la gogna mediatica" gli fa eco Arianna, prima di aggiungere:

"Per fortuna ancora non sanno il tuo nome."
Stefano si siede sul divano vicino a lei.

"Già…ma per quanto tempo ancora. Ne resterai coinvolta, Arianna. Tiratene fuori adesso, che sei ancora in tempo."

"Ti sbagli, sono già coinvolta." il che era vero, ma solo lei sapeva quanto.

"Piano piano mi rovineranno la reputazione. Finirò per perdere tutti i clienti che mi sono fatto in tanti anni. – guardando Arianna - Potrebbe succederti la stessa cosa."

"Quando succederà, ne riparleremo." risponde lei con tono distaccato.

"Mi hanno sequestrato anche il computer. Lo fanno apposta per crearmi delle difficoltà."

"È quello che vogliono. A livello investigativo è una prassi."

"Una prassi…già, una prassi." commenta Stefano con amarezza prima di alzarsi nervosamente dalla poltrona.

"E che cosa sperano di trovarci. Una confessione scritta? Oppure foto osé della vittima insieme con me?"

A quelle parole, l'attenzione di Arianna aumenta al tal punto che il suo viso cambia espressione, ma Stefano in quel momento le dà le spalle e non ne rende conto.

"Come se un assassino, lasciasse le tracce di un delitto che ha commesso, sul suo computer. Eccole qui, prego servitevi!" prosegue beffardo.

"Qualche volta è successo." lo punzecchia volutamente Arianna, che ormai da qualche giorno spera, e nello stesso tempo teme, di ricevere una confessione.

"Io non sono così stupido." reagisce Stefano alzando la voce.

Quella frase, per Arianna, equivale a una confessione, sia pure implicita, ma pur sempre una confessione. Stefano non aveva detto:" Io non sarei stato così stupido." E quindi non significava: nel caso fossi stato io l'assassino, non sarei stato così stupido. Nessun condizionale, bensì una frase affermativa, secca e precisa, con la quale aveva commentato il modo in cui aveva agito. No, non era un caso. Anche lui se ne rende conto e smette di parlare. Lentamente si volta e guarda Arianna per vedere la sua reazione. Quello che si trova difronte, è il suo sguardo impassibile e, nello stesso tempo, fisso, come se lei si aspettasse una spiegazione da lui. Stefano tenta di giustificarsi e con voce incerta inizia a puntualizzare:

"Intendevo dire…"

"Lascia stare. - lo interrompe Arianna - Ti sei immedesimato. L'ho capito." aggiunge subito dopo, per aiutarlo a superare quel momento critico. Rassicurato da quelle parole, Stefano riprende il discorso, proseguendo nel suo sfogo.

"Si sono attaccati perfino a un pezzo di fotografia ritagliata da un giornale, che Mindy aveva nascosto in cucina!"

A queste parole, Arianna si fa di nuovo molto attenta, ma Stefano ancora una volta non se ne accorge.

"Quale pezzo di giornale?" domanda incuriosita. Stefano si gira di scatto e la guarda. Esita qualche secondo, poi risponde:

"Era la foto della pagina di un giornale che avevo strappato. Mindy me l'ha presa di mano e quando ho tentato di riprenderla, è scappata via e l'ha nascosta, proprio come fa con te."

"Che strano. Mindy non mi ha mai preso niente che avevo in mano, se io non gliel'ho dato. E perché l'hanno sequestrata?"

"Guarda caso vi è ritratta una donna mora, più o meno dell'età di Elena Zampi." spiega Stefano, abbassando lo sguardo.

"Non mi sorprende, che si siano incuriositi. Direi che è normale." commenta Arianna, usando un tono vagamente inquisitorio.

"Sì. È normale." conviene con lei Stefano, come se si arrendesse.

"Secondo me, pensano che l'assassino sia un ladro, o un pervertito ossessionato dalle donne di mezza età, con i capelli lunghi e neri." riassume Arianna, tentando di spostare il centro d'interesse delle loro riflessioni sul caso ma, a queste parole, Stefano contrae i muscoli del viso, stringe i pugni e con voce a stento trattenuta e piena di rabbia, sotto lo sguardo turbato di Arianna, dice:

"Non è un pervertito. I pervertiti stuprano, seviziano. Non è nemmeno un ladro, i ladri rubano e lui non ha fatto nulla di tutto questo." Stefano prosegue scuotendo la testa.

"No! No! Nooo! Lui è soltanto un povero disgraziato, che non voleva farle del male. Che è stato costretto dalle circostanze, ad agire come ha agito e che si trova in questo guaio, senza esserselo cercato."

A questo punto gli occhi di Stefano incontrano quelli di Arianna. Arianna è pallida in volto e lo fissa in silenzio. Adesso davvero non ha più bisogno di una confessione. Stefano, vedendola così turbata, riprende il controllo di sé.

"Scusami. Questa situazione mi sta logorando i nervi. Grazie per la cena. Ci vediamo domani. Ciao."

Stefano esce dalla stanza seguito dallo sguardo triste di Arianna, mentre Mindy guarda alternativamente Stefano e la sua padrona, per capire se è arrivato il momento della passeggiata. Appena sente il rumore della porta d'ingresso che si chiude, Arianna estrae dalla tasca della felpa che indossa il Jammer, e lo disattiva.

24

Stefano cammina lentamente, a testa bassa e con le mani in tasca, come fosse assorto nei suoi pensieri, ostentando indifferenza verso la piccola folla di curiosi raccolti attorno alla troupe televisiva. Un atteggiamento che sapeva di falso da un chilometro di distanza, ma in quel momento nessuno gli presta attenzione, anche perché il nome del sospetto numero uno, non era ancora stato rivelato, quindi la villetta dove abita, è ancora come tutte le altre, cioè priva d'ogni interesse. Per il momento.

Camminando in quel modo, come se stesse sopportando il peso di mille occhi che lo guardano, arriva difronte al cancello della sua villetta. Mentre infila la chiave nella serratura, il suo sguardo cade sulla targa di plastica, sopra la quale risaltano i suoi dati anagrafici e la sua professione… e ancora una volta, il suo recente passato prende il sopravvento sul presente.

Stefano è a casa sua. È una domenica mattina e

sta ancora dormendo. Il cellulare che è posato sul comodino affianco al letto, squilla. Stefano si sveglia e lo guarda come fosse un nemico. Sa già chi è. A quell'ora solo una persona può essere. L'ultima persona dalla quale avrebbe desiderato ricevere una telefonata. Stefano non aveva ancora bloccato il suo numero, perché temeva di trovarsela davanti al cancello di casa sua. È molto agitato. Il suo viso esprime timore. Resta lì a fissare il cellulare senza fare niente. Poi, con un gesto nervoso, lo afferra e guarda il display, dove compare il nome Anita, cioè: Elena. Questo era il nome in codice, che lei aveva stabilito per le loro telefonate. Con rabbia, Stefano risponde.

"Che cosa vuoi."

"Buon giorno, pervertito. Come stai?" risponde Elena ridacchiando.

"Che cosa vuoi." domanda ancora Stefano con rabbia.

"Eh, ma che maniere. Sei proprio un maleducato." insiste lei ironica.

"Ma quando capisci che non ti voglio più vedere né sentire. Perché non la smetti ed esci dalla mia vita."

"Su dai, non fare così. Ti volevo solo avvertire, che qualcuno ha aggiunto un'altra targa sul suo cancello. Adesso c'è scritto chi sei veramente."

"Elena, cos'altro hai combinato adesso. Guarda che non ne posso più delle tue cattiverie."

"Perché non ti vesti e vai a vedere, prima che la

veda qualcun altro. Ahi! Ahi! Ahi! Mi sa che è già troppo tardi." prosegue Elena senza rinunciare alla sua risata ironica.

"Ma che cos'hai fatto, ancora? Brutta pazza che non sei altro!" chiede Stefano alzandosi dal letto in preda all'agitazione.

"Affacciati alla finestra e guarda tu stesso, coglione." suggerisce ancora una volta Elena, ridendo al colmo del divertimento, prima di chiudere la comunicazione. Stefano si precipita alla finestra. Davanti al cancello, un gruppetto di persone osserva qualcosa che si trova affisso sulle sbarre. Dal punto in cui si trova, Stefano riesce a vedere un foglio bianco, formato A3, dal quale penzolano due forme sottili di colore nero, oggetto della massima attenzione per il piccolo gruppo di curiosi. Le due forme non sono fatte con del materiale rigido. Sembrano fatte, piuttosto, con del tessuto. Si tratta di strisce che, scendendo verso il basso, diminuiscono in larghezza, terminando quasi a punta. Sì, sembrano proprio due pezzi di stoffa nera. Subito si allontana dalla finestra e con movimenti convulsi inizia a vestirsi.

Appena Stefano apre la porta di casa, il gruppo di curiosi si allontana frettolosamente disperdendosi in tutte le direzioni. Stefano va di corsa verso il cancello fissando gli oggetti neri. Più si avvicina e più sembrano due pezzi di stoffa, fatti con un tessuto nero pieno di piccoli fori. Raggiunto il cancello, Stefano vede chiaramente di cosa si tratta. Quei buchi sono la trama di un paio di calze a rete, attaccate con del nastro adesivo sul foglio di carta A3, al centro del quale domina la scritta: SEI UN PERVERTITO.

Stefano osserva per un po' quel foglio, poi, come spinto da un presentimento, si gira di scatto verso la villa di Elena. Lei è lì, affacciata alla finestra, che lo guarda e ride, ma solo per un attimo, perché subito si ritrae salutandolo, ironicamente, con un gesto del braccio. Nessuno, oltre a lui, si è accorto di Elena. Stefano, completamente fuori di sé, guarda ancora una volta quella frase ingiuriosa scritta sul foglio bianco, prima di strapparlo con un gesto secco del braccio, e rientrare rapidamente in casa portandolo con sé, insieme alle calze a rete.

In cucina, Stefano prende il secchio delle immondizie e vi getta dentro il foglio di carta A3, già ridotto in piccoli pezzi. Subito dopo è la volta delle calze a rete, che distrugge con rabbia usando le mani. Mentre sta gettando gli ultimi brandelli delle calze a rete nel secchio, il cellulare, che aveva momentaneamente poggiato sul tavolo, inizia a squillare. Stefano sa che è lei, Elena, e sa che dovrebbe ignorare la chiamata, ma dominato com'è dalla rabbia, cede. Afferra il cellulare come se fosse il peggiore dei suoi nemici, e risponde. Di nuovo, l'odiosa voce di Elena che lo deride, giunge alle sue orecchie.

"Ti sono piaciute le calze a rete? Dovrebbero essere della tua misura."

Elena sembra provare un gusto unico nel farsi beffa di lui, punzecchiandolo in quel modo e ridendo senza sosta.

"Se non ti vanno bene, dimmelo, che te le cambio. Ho conservato lo scontrino apposta." aggiunge interrompendo per un attimo la sua risata, che subito ricomincia appena finisce di parlare.

"Ma cosa ti credi di fare. Tu sei solo una squilibrata mentale, che ha finito col farmi schifo. Ecco cosa sei." l'aggredisce Stefano inviperito.

"Mamma mia! Ti ho fatto proprio arrabbiare!" lo deride prendendosi ancora gioco di lui.

"Te li faccio pagare tutti, questi scherzi. Tutti! – urla Stefano al limite di ogni sopportazione - Adesso vado dai Carabinieri e ti denuncio, poi telefono personalmente all'Accademia Militare, dove sta tuo figlio. Anzi, invio una copia della denuncia. Così impari. Se credevi di essere capace soltanto tu a far del male, adesso capirai quanto ti sei sbagliata."

Elena, che fino a quel momento se ne stava comodamente sdraiata sul divano del suo salotto, godendosi i risultati delle sue meschinerie, cambia espressione. Lentamente si solleva, si mette a sedere e con voce minacciosa risponde a Stefano:

"Lascia stare mio figlio, Stefano. Tu non sai di che cosa sono capace. Stai attento. Fin qui ho giocato. Adesso comincio a fare sul serio."

Stefano, che nel frattempo è tornato nel suo studio e si è messo a sedere dietro il suo tavolo da lavoro, con altrettanta determinazione le risponde:

"Fin qui ho sopportato. Adesso comincio a fare sul serio anch'io. Dimenticati che esisto. È meglio per te." pronunciate queste parole, Stefano chiude la comunicazione.

Dalla finestra di casa sua, Arianna guarda Stefano che, preso nel vortice dei suoi pensieri, non se ne accorge. Al suo fianco, con le zampette anteriori poggiate sul vetro, c'è Mindy. Anche la barboncina riesce a vedere Stefano e improvvisamente si mette ad abbaiare, per richiamare la sua attenzione.

L'abbaiare di Mindy scuote Stefano dai suoi pensieri e lo spinge a guardare istintivamente verso la casa di Arianna. Il loro sguardi s'incontrano. Restano così per alcuni secondi. Interrogativa e piena di dubbi lei, ancora profondamente turbato dai suoi pensieri lui. È Stefano che pone fine a quel muto dialogo a distanza, varcando il cancello, mentre Mindy continua a manifestare rumorosamente la sua presenza.

Arianna si stacca dalla finestra e guarda

l'arredamento del suo salotto con sospetto. Lentamente inizia a muoversi verso il centro della stanza guardandosi intorno, come fosse a disagio, senza capirne il perché. All'improvviso, il suo sguardo si posa sulla poltrona sotto la quale Stefano aveva cercato qualcosa. D'impulso afferra lo schienale e la rovescia all'indietro, ma sotto non c'è nulla. Nel frattempo, Mindy ha osservato tutto scodinzolando in silenzio, sperando ancora una volta che stesse per iniziare un gioco nuovo.

25

Stefano cammina lungo un corridoio della Procura della Repubblica. È accompagnato dall'Avvocato Luciano Gandolfi, che lo assiste. Un usciere li annuncia al Sostituto Procuratore, Domenico Licandro. I due uomini entrano nel suo ufficio dove, oltre al Magistrato e a un Assistente di Polizia, una donna di circa quarant'anni dall'aria molto professionale, che ha il compito di redigere il verbale, c'è anche il Commissario Antonio Marini.
Esaurite le formalità iniziali, il Magistrato, che ha in mano alcuni fogli, si rivolge a Stefano.
"Ho qui un rapporto della polizia giudiziaria, nel quale il figlio della signora Zampi dichiara di aver sentito, alcune settimane prima di partire per l'Accademia Militare, una conversazione telefonica della madre, di tenore inequivocabilmente sentimentale, durante la quale, ridendo scherzosamente, ha detto: '... ma cosa adoperiamo a fare il telefono, se per parlare basterebbe che ci affacciassimo alla finestra'. Così

dicendo la vittima ha alluso alla vicinanza della propria abitazione, con quella del suo interlocutore telefonico. Signor Landi, stava parlando con lei?"

"Per parlare con la signora Zampi dalla finestra di casa mia, avrei dovuto urlare a squarciagola." risponde Stefano ironizzando, sostenuto dal suo Avvocato, le cui labbra s'increspano in un leggero sorriso di sufficienza, per quella domanda che a lui sembra, o vuol far sembrare, assurda. Senza scomporsi, il Magistrato non cambia argomento e, sempre rivolto a Stefano, insiste:

"Signor Landi, quello della signora Zampi, era chiaramente un modo di dire, con il quale alludeva alla vicinanza della sua abitazione, a quella della persona con cui stava comunicando telefonicamente."

"Perché, la persona con cui stava parlando in quel momento, non poteva trovarsi sotto casa della signora Zampi? Magari in macchina?"

"Mi sembra un'ipotesi più plausibile, con l'affermazione della signora Zampi." interviene l'Avvocato Gandolfi.

"Lo escluderei, Avvocato. Vede, il figlio della vittima, glielo leggo di nuovo, ha riferito testualmente: '...ma cosa adoperiamo a fare il telefono, se per parlare basterebbe che ci affacciassimo alla finestra'. E non 'basterebbe che mi affacciassi alla finestra'. Ha usato il plurale. Non il singolare."

"Suppongo che di questa telefonata, ne avrete trovata traccia nei tabulati telefonici." chiede l'Avvocato Gandolfi.

"Di questa e di molte altre. E ci hanno portato tutte alla signora Sandra Garbellini. - rivolgendosi a Stefano - L'ha mai sentita nominare?"

"Non la conosco."

"Questo lo sappiamo. Ma io le ho chiesto se l'ha mai sentita nominare, non se la conosce."

"No. Non l'ho mai sentita nominare." risponde Stefano con sincerità.

"È una dipendente della signora Zampi. La vittima ha comprato due cellulari e li ha intestati a questa donna, a sua insaputa. – precisa il Magistrato - Non siamo riusciti a trovarli. Sono scomparsi entrambi la sera stessa del delitto, insieme con quello personale della defunta signora Zampi."

"Anche questo vi riconduce a me?" chiede Stefano con sicurezza, sentendosi, erroneamente, in vantaggio.

"Forse lei ne possedeva uno? Di quei due intestati alla signora Garbellini, intendo."

"No!" è la perentoria risposta di Stefano.

"E neanche una delle due cornici Swarovski che la signora Zampi ha comprato, e che non è stata più ritrovata. Immagino." Insiste il Magistrato.

"No. Neanche quella."

"Andiamo, signor Landi, perché non collabora e

ci dice finalmente come stanno le cose."

Interviene il Commissario Antonio Marini, col tono di chi non crede a una parola di quello che Stefano ha detto.

"Perché non lo sa!"

Eccepisce l'Avvocato Gandolfi.

"Avvocato lasci rispondere il suo assistito, per favore." interviene il Magistrato.

"Mi perdoni, signor Procuratore, ma come lei stesso ha appena detto, si tratta del mio assistito, quindi non me ne voglia se intervengo nel suo interesse." puntualizza il difensore.

"Avvocato, non devo essere io a insegnarle quale è il mio ruolo, quindi, non me ne voglia se agisco al fine di accertare la verità."

Il comportamento tutto d'un pezzo del Sostituto Procuratore, non impressiona minimamente l'Avvocato di Stefano.

"Chiedo scusa se insisto, signor Procuratore, ma il Dottor Marini, in pratica, ha appena chiesto al mio assistito una confessione, però non si capisce su quali basi."

"A no? Allora gliele spiego io. Sappiamo, che questo misterioso amante, aveva l'età del signor Landi." inizia a elencare il Magistrato.

"Ma non avete né un nome, né una descrizione somatica." fa notare l'Avvocato Gandolfi.

"Sappiamo che svolgeva la stessa professione del signor Landi." prosegue l'inquirente.

"Di architetti è pieno il mondo, signor

Procuratore." aggiunge il legale.

"Sì ma solo il signor Landi, abita vicino alla casa della vittima. Non le pare abbastanza, perché si possano avere dei sospetti sul suo coinvolgimento, e per legittimare una richiesta volta a farci dire tutto quello che sa? Fosse anche una confessione." conclude il Sostituto Procuratore.

"No. Anzi, mi sembra che non avete niente in mano." replica secco l'Avvocato.

"Si sarà accorto che il suo assistito non è stato incriminato."

"Sì, me ne sono accorto. Come mi sono accorto che non avete prove. E al riguardo, vorrei sottolineare l'esito negativo delle perquisizioni effettuate nell'abitazione del signor Landi, e in quella della vittima." termina trionfante l'Avvocato.

Senza battere ciglio, il Sostituto Procuratore estrae da un plico di carte che ha sulla scrivania, la busta trasparente con dentro il ritaglio di giornale, sequestrato dalla Polizia in casa di Stefano, nel quale è ritratta la donna mora, dall'età apparente di oltre cinquant'anni.

"A proposito delle perquisizioni e di indizi, che senso ha questa fotografia ritagliata da un giornale, che è stata trovata in casa sua, sotto la credenza che lei ha in cucina."

Il Magistrato fa vedere a Stefano la busta che contiene il ritaglio di giornale.

"La donna ritratta in questa fotografia, fa venire in mente Elena Zampi. Non le pare?" domanda subito dopo il Magistrato, fissando intensamente Stefano, con l'aria di chi ha appena inflitto un duro colpo.

Nella stanza cade il silenzio. Il viso dell'Avvocato Gandolfi è impenetrabile. In realtà di quel ritaglio di giornale non sapeva nulla. Stefano non gliene aveva parlato. Era sicuramente una dimenticanza, una di quelle che potevano costare caro. Stefano è a disagio, ma non si perde d'animo. L'unica cosa da fare, in quel momento, è dire la verità... almeno in parte.

"Stavo strappando un giornale vecchio, per buttarlo tra i rifiuti, e Mindy, la barboncina della signorina Arianna Conti, con la quale, come saprà, intrattengo una relazione, me l'ha strappato di mano."

"Perché, se fosse stato tutto intero, non sarebbe entrato nel secchio dell'immondizia?"
Interviene ancora il Commissario Antonio Marini, con un tono di voce velato d'ironia.

"Io prima li strappo. È un'abitudine."

"Questo pezzo di giornale, è stato ritagliato con cura, prima di essere strappato in due parti." precisa con voce severa il Magistrato, prendendo Stefano in contropiede.

"Ma guarda un po', adesso non sono neanche più padrone di decidere se strappare un giornale con le mani, o usare le forbici." è la sarcastica risposta di Stefano, che appare sempre di più sulla difensiva.

"Davvero? E mi dica, quanto tempo impiega a riempire il secchio dell'immondizia, se da ogni pagina ritaglia, con la stessa precisione con cui ha ritagliato quella fotografia, anche tutte le altre immagini." chiede il Commissario Marini, facendo notare a Stefano, con questa domanda, l'assurdità della sua risposta.

"È stato un caso."

"In che senso." insiste il Dottor Marini, fermamente deciso a non dargli tregua.

"Volevo far giocare Mindy."

"Si spieghi meglio." lo incalza ancora il Commissario.

Stefano si sente come una persona che ha imboccato un vicolo cieco, e non sa come tornare indietro. Inizia a provare rabbia verso il suo Avvocato. Perché non interviene? Vorrebbe guardare nella sua direzione, per inviargli una muta richiesta di aiuto, ma renderebbe evidente a tutti che è in difficoltà. A tutto questo, si aggiungevano lo sguardo severo del Sostituto Procuratore e quello inflessibile del Commissario Marini. Alla fine, decise di rispondere fornendo una spiegazione molto semplice e, forse, l'unica plausibile, alla domanda del Commissario.

"Basta darle un oggetto, uno qualunque, e lei lo prende e lo va a nascondere. Non so come abbia preso quest'abitudine."

"Una fotografia ritagliata da un giornale, non è un oggetto qualunque. Ha più l'aria d'essere una scelta precisa e meditata." controbatte il Commissario.

"Le ho dato un ritaglio di giornale, perché se le avessi dato un oggetto rigido, poteva farsi male. Magari ingoiarlo. Una semplice precauzione. Tutto qui." sul volto di Stefano, compare una certa soddisfazione per la risposta, secondo lui coerente, che ha appena dato. Ma dura poco.

"Però! Che strana combinazione. Una bella donna mora, oltre i cinquant'anni, proprio come la vittima. Ha un debole per questo tipo di donne, per caso, signor Landi?"
La sfrontatezza, l'ironia fuori luogo e la mancanza di garbo, con cui il Commissario Marini pone le sue domande, stanno logorando sempre di più la resistenza di Stefano, che inizia ad alterarsi.

"Me l'ha già chiesto a casa mia."

"Infatti. E lei ebbe quasi uno scatto d'ira. - gli rammenta il Commissario - Proprio come ora." aggiunge subito dopo, con l'immancabile espressione ironica in viso.

"Dissi semplicemente che da quel momento in poi, avrei parlato solo difronte al mio avvocato. L'ho fatto per paura di compromettermi." si giustifica Stefano, alzando un po' la voce.

A questo punto, con una scelta di tempo quanto mai opportuna, interviene ancora l'Avvocato

Gandolfi:

"Credo che il signor Landi abbia risposto più che sufficientemente alla sua domanda, Commissario. Ritengo che possiamo proseguire l'interrogatorio, passando alle altre domande, se ce ne sono." aggiunge subito dopo, rivolgendosi al Magistrato.

Il Sostituto Procuratore, guarda l'Avvocato Gandolfi senza dire niente. Il comportamento, a tratti strafottente, di Stefano Landi, non gli piace, ma vedendolo sul punto di esplodere, e sperando che ceda, preferisce soprassedere e passare alle domande successive, accogliendo la richiesta del suo Avvocato.

"Controllando i tabulati telefonici, abbiamo scoperto che da uno dei due cellulari intestati Sandra Garbellini, c'era una telefonata diretta a un sex shop."

Il Magistrato ha pronunciato queste parole senza staccare gli occhi da Stefano.

"Ed io che c'entro." obietta Stefano frettolosamente e, ancora una volta, con strafottenza, prima ancora che il Sostituto Procuratore formuli la domanda.

"In seguito, la polizia giudiziaria – prosegue il Magistrato ignorandolo - ha scoperto che la signora Zampi, si era recata in quel negozio di persona, di notte, per comprare alcuni articoli sadomaso. Signor Landi, lei è per caso dedito a pratiche di questo genere?"

"Per carità! Mi fanno schifo!" reagisce con indignazione Stefano, prima che il suo Avvocato insorga a voce alta:

"Signor Procuratore, io sono basito. Non posso credere alle mie orecchie. Lei è ben lontano dall'aver dimostrato se il signor Landi e la defunta signora Zampi si conoscevano, e vuole sapere se quegli oggetti, creati a uso e consumo di menti malate, siano stati acquistati dalla vittima, per compiacere le proprie abitudini sessuali insieme con il mio assistito? Con il dovuto rispetto, signor Procuratore, qui si sta esagerando!"

Il Magistrato, almeno esteriormente, rimane impassibile, e con voce calma, risponde:

"Ne è sicuro, Avvocato?"

"Certo che ne sono sicuro. Del resto, mi sto solo attenendo ai fatti."

I due uomini si sfidano per qualche secondo guardandosi intensamente negli occhi, sotto lo sguardo attento del Commissario Marini e dell'assistente del Magistrato. Poi, il Sostituto Procuratore, si rivolge a Stefano e riprende l'interrogatorio.

"Sempre la polizia giudiziaria, è venuta a sapere che qualcuno, non molto tempo fa, ha gettato nel suo giardino alcuni oggetti di quelli usati per pratiche sadomaso. Leggo testualmente dal rapporto della polizia giudiziaria: una frusta, di quelle denominate gatto a nove code, un paio di calze a rete nere, una parrucca bionda per donna, un paio di manette e un paio scarpe rosse con i tacchi a spillo."

"Non risponda." gli suggerisce il suo Difensore.

"Avvocato, ci sono dei testimoni." fa notare il Magistrato.

"Bene, signor Procuratore, quando sarà il momento, ci confronteremo con loro. Per ora, il mio assistito, non risponde a questa domanda."

"E della frase 'Sei un pervertito', scritta su un foglio di carta affisso sul suo cancello, insieme, ancora una volta, a un paio di calze a rete di colore nero, cosa ci dice. Anche per questo episodio abbiamo trovato dei testimoni." dichiara il Magistrato.

"Andiamo, signor Procuratore, non crederà veramente che una donna di quell'età, rischi la sua reputazione per fare cose di questo genere. È un'assurdità!" interviene energicamente l'Avvocato.

"Fino a recarsi in un sex shop di notte, da sola, per comprare degli articoli per pratiche sadomaso, c'è arrivata." fa notare il Sostituto Procuratore.

"Pensi che donna che era." dice Stefano, come se stesse pensando ad alta voce.

"Era. Ha detto bene, era. Perché qualcuno l'ha uccisa. E quel qualcuno, noi, sappiamo chi è. Lo stringeremo in una morsa tale, che alla fine non gli resterà altro da fare che confessare." conclude il Magistrato guardando Stefano.

Nessuno dei presenti aggiunge altro. L'interrogatorio finisce così.

26

Stefano, sdraiato sul divano, guarda il soffitto. Un lettore USB diffonde musica classica per tutto l'ambiente. Da sempre cercava conforto nella musica, quando aveva bisogno di rilassarsi, ma in quei giorni non funzionava, anzi, in certi momenti non la sopportava. Il pensiero era sempre lo stesso, ovviamente, e lui temeva che lentamente logorasse le sue difese. A tutto questo, si aggiungeva il fatto che ancora non gli avevano restituito il computer e lui non poteva lavorare. Alcuni clienti lo avevano chiamato, per dirgli che non potevano aspettare e si sarebbero rivolti a un altro architetto.

Mentre questi pensieri pervadono la sua mente, qualcuno suona il campanello della porta d'ingresso. Stefano va ad aprire. Come apre la porta, Mindy irrompe all'interno, seguita da Arianna che, per una questione di rispetto, aveva usato solo le chiavi del cancelletto, pur avendo anche quelle della porta d'ingresso. Stefano ricambia la festosità della barboncina, giocando per qualche secondo con lei. Poi si volta verso Arianna. Si guardano. In breve sono l'uno nelle braccia dell'altra.

All'esterno il buio circonda l'intero quartiere residenziale. In casa di Stefano, Mindy dorme comodamente sdraiata su una poltrona. Stefano e Arianna, se ne stanno teneramente abbracciati sotto le coperte, parlandosi dolcemente.

"Hai fatto bene a venire, non so se io avrei avuto la forza di cercarti."

"Ci ho pensato io. Sono brava a semplificare le cose."

"Me ne sono accorto."

Stefano la bacia a lungo e intensamente. Quando si separano, Arianna propone:

"Perché non ci prendiamo una settimana di vacanza."

"Fantastico. E dove andiamo."

"In qualunque posto lontano da qui. Per una settimana."

"D'accordo. Quando partiamo?"

"Domani. Va bene?" suggerisce Arianna.

"È perfetto." approva Stefano, con entusiasmo.

"Il tempo di fare i bagagli e via."

"D'accordo."

"Ci mettiamo in viaggio senza nemmeno una meta. Così, all'avventura." Arianna è al colmo dell'entusiasmo.

"Questo non è possibile. Devo comunicare i

miei spostamenti alla polizia." le ricorda Stefano, raffreddando quella piacevole atmosfera, che si era creata tra loro.

"Bene. Glieli comunicheremo. Mica stiamo scappando." risponde Arianna, senza perdere il suo entusiasmo.

"Giusto. Ma adesso lasciamo stare i dettagli del viaggio. Ci penseremo domani."

È inutile perdere tempo a fare programmi, quando la notte è ancora lunga.

27

Il mattino successivo, quando Stefano apre gli occhi, la prima cosa che vede è il musetto di Mindy vicinissimo al suo. La barboncina lo osserva mugolando. Stefano sorride a Mindy e le passa delicatamente una mano sulla testa, poi si gira verso Arianna, ma lei non c'è. Se n'è già andata, lasciando sul suo cuscino un biglietto e le chiavi di casa sua. Stefano sposta Mindy delicatamente da sopra di lui, prende il biglietto e legge.

CE L'HAI FATTA A SVEGLIARTI FINALMENTE. IO TORNO TRA UN PAIO D'ORE. PER FAVORE DAI DA MANGIARE A MINDY. TROVERAI TUTTO IN CUCINA NELLO SPORTELLO IN ALTO A DESTRA.
UN BACIO.
ARIANNA
ORE 8,30

Stefano si gira e guarda la piccola sveglia che si

trova sul suo comodino. Segna le 9,45. Non mancava molto al rientro di Arianna. Era stata silenziosissima. Se n'era andata senza fare il benché minimo rumore. La cosa stupefacente poi, era che Mindy non aveva abbaiato. Con fare sbrigativo, Stefano scende dal letto imitato da Mindy.

Circa venti minuti dopo, in casa di Arianna, Stefano sta guardando sotto la stufa della cucina, mentre, a un metro da lui, Mindy divora il primo pasto della giornata. Arrivato in casa di Arianna, la prima cosa che ha fatto è stata di dar da mangiare Mindy. La seconda, quella di mettersi a cercare la metà mancante della fotografia. Dopo un po', Stefano rinuncia, si mette a sedere sul pavimento e si prende la testa tra le mani. Mindy smette di mangiare e lo guarda interrogativamente. Ricambiando lo sguardo della cagnolina, Stefano le sussurra dolcemente:
"Ma dove l'hai nascosta, eh?"
La barboncina lo guarda ancora per un attimo, poi, con indifferenza, torna a concentrarsi sulla ciotola e ricomincia a mangiare.

Stefano e Mindy entrano in salotto. Stefano guarda attentamente la stanza. Poi, di nuovo rivolto a Mindy, tira fuori dalla tasca dei pantaloni il pezzo di fotografia in suo possesso, incitando la cagnolina a farsi riportare la parte mancante. Mindy tenta di prenderlo, ma Stefano non glielo dà. Mindy, allora, si arrabbia e inizia ad abbaiare. Stefano, insiste ancora per un po' a stimolare la cagnolina in quel modo. Nulla da fare. Mindy abbaia perché vuole anche quel pezzo di fotografia, ma non va a prendere l'altro. Stefano decide allora di desistere, anche perché deve ancora innaffiare le piante in giardino. "Vieni che diamo da bere ai fiori!" dice facendo cenno a Mindy di seguirlo, ma la barboncina non è dell'umore giusto. Preferirebbe giocare con la mezza fotografia che Stefano ha ancora in mano, e per questo continua ad abbaiare.

Arrivato all'ingresso, Stefano apre la porta e ha un sussulto. Il bel volto sorridente di Arianna, che non si aspettava di vedere, gli compare davanti all'improvviso, carica di borse con la spesa che ha appena fatto. Mentre lei entra, Stefano, che non ha fatto in tempo a mettere in tasca la mezza fotografia, nasconde la mano sinistra dietro la schiena. Da ad Arianna appena il tempo varcare la soglia, e senza darle modo di fare altro, le cinge la vita con il braccio destro e inizia a baciarla con foga, mentre prova a infilare nella tasca posteriore dei pantaloni, l'altra metà della foto. Quella metà che Arianna assolutamente non deve vedere. Stefano è quasi riuscito nel suo intento, quando, Mindy, con un salto velocissimo, lo anticipa, gliela toglie di mano, e fugge verso la cucina. Stefano riesce a dominarsi. Dolcemente si scioglie da quell'abbraccio, e mentre aggiorna Arianna, togliendole qualche borsa della spesa dalle mani, cerca Mindy con lo sguardo.

"Mi sono svegliato tardi. Sono appena arrivato e ho solo dato da mangiare a Mindy. Stavo per dare da bere ai fiori".

"No, lascia stare. Ai fiori ci penso io. Vai a prepararti i bagagli piuttosto."

"Ma quanta roba hai comprato." domanda Stefano colpito dal numero delle borse poggiate sul pavimento.

"Niente di superfluo, credimi. È tutta roba che mi serve. Più della metà la metto via. Si tratta di surgelati, biscotti, latte a lunga conservazione, tutte cose che mi serviranno al nostro ritorno. Il resto lo portiamo con noi. Ci servirà strada facendo."

"Credo sia ora di cominciare a dividere le spese." osserva Stefano.

"Non ti preoccupare, faremo tutto un conto dopo."

"Va bene. Allora, hai deciso dove andiamo?"

"No. Lo decideremo insieme, dopo che avremo preparato i bagagli. Cercheremo su internet, fino a quando non abbiamo trovato quello che ci piace."

"E Mindy? Viene con noi?"

"Assolutamente no. La vacanza è nostra. Mia e tua."

"Strada facendo ci fermiamo da mia madre. Resterà con lei finché saremo via. Le ho già telefonato."

In quel momento, come se si fosse resa conto che stavano parlando di lei, Mindy ricompare nel corridoio. Non ha più in bocca la mezza foto sottratta a Stefano.

Stefano tira un sospiro di sollievo, ma il problema non è risolto. Anzi, si era appena aggiunto un altro elemento critico a tutta la vicenda, perché adesso, in giro per la casa, nascosti chissà dove, c'erano entrambi i pezzi della fotografia, vale a dire: la fotografia intera. Stefano è teso come una corda di violino. Mindy guarda lui e Arianna, continuando a mugolare.

"Si sta facendo notare. – osserva Arianna – Chissà che cosa vuole."

"Visto che ha già mangiato, forse vuole fare una passeggiata per digerire."

"Non se ne parla. Non è questo l'orario della sua passeggiata. Dammi una mano a portare le borse in cucina, per favore."

Stefano e Arianna raccolgono le borse dal pavimento e vanno verso la cucina, preceduti da Mindy.

Arrivati in cucina, posano le borse sul tavolo. Subito dopo, Stefano, fa qualche passo indietro, per lasciare Arianna libera di muoversi. Ora, lui è vicino alla porta. In quel momento si accorge, non senza un sussulto interiore, che dentro la ciotola per il cibo, posata sul pavimento ai piedi del tavolo, c'è la mezza fotografia che Mindy gli ha preso poco prima. Il ritmo cardiaco di Stefano aumenta all'impazzata. Gli sembra di avere un mitra che spara raffiche senza sosta al posto del cuore. Si sente sul punto di esplodere, ma riesce a reagire, e approfittando del momento in cui Arianna apre il frigorifero, Stefano si abbassa piano, piano, sempre tenendo d'occhio Arianna, per essere pronto, nel caso si fosse girata all'improvviso, a inventare una scusa per il suo comportamento, che a chiunque sarebbe apparso perlomeno strano.

Mindy, che si trova poco oltre la porta, osserva quello che Stefano sta facendo, e come vede che lui è sul punto di prendere la mezza fotografia, con uno scatto velocissimo lo anticipa e la prende prima lei, dopodiché si mette al riparo sotto il tavolo e lo guarda mugolando. Appena la sente mugolare, Arianna, senza girarsi verso la cagnolina, dice:

"Che c'è? Vuoi mangiare ancora?"

Per uscire da quella situazione, Stefano adotta la prima scusa che gli viene in mente.

"Arianna? La Signora Luisa ti sta chiamando. Credo che sia fuori in strada!"

Arianna chiude il frigorifero ed esce dalla cucina dicendo:

"Non l'avevo sentita. Ma perché non suona. Vado a vedere cosa vuole". Subito Mindy tenta di seguire Arianna, ma Stefano la blocca, le apre brutalmente la bocca, si riprende il pezzo di fotografia e se la mette nella tasca dei pantaloni. Mindy inizia a saltargli intorno abbaiando, nel vano tentativo di farsela ridare. Stefano la ignora e va in salotto. Mindy non lo molla e continua a saltargli intorno ringhiando. Arianna sta ancora guardando dalla finestra.

"Ti sei sbagliato. Non c'è nessuno in strada." dice a Stefano.

"Sentire le voci è solo l'inizio. Fra un po' comincerò a vedere cose che non ci sono. E a quel punto, non rimane che il ricovero." risponde Stefano con autoironia.

"Vediamo se ti succederà anche mentre siamo in vacanza."
Arianna da un bacio sulla guancia a Stefano sorridendo, prima di spostare la sua attenzione su Mindy, infastidita dal suo comportamento.

"Ma si può sapere che t'è preso?"
Ignorando il rimprovero della sua padrona, la barboncina continua ad abbaiare e a ringhiare, sollevandosi sulle zampette posteriori, nell'impossibile tentativo di raggiungere la tasca di Stefano, dove c'è il pezzo di fotografia.

"Senti, io vado a preparare il mio bagaglio."
Stefano, non vede l'ora di uscire dall'abitazione di Arianna, per disfarsi della mezza fotografia, prima che lei si renda conto, che quello che Mindy vuole, si trova nella tasca dei suoi

pantaloni.

"Sì, non perdiamo tempo. Prima siamo pronti e prima partiamo." conviene Arianna.

"Torno per l'ora di pranzo."

Dopo essersi scambiati un rapido bacio, Stefano se ne va uscendo dal finestrone del salotto, senza ricordarsi di prendere le chiavi di casa sua, che ha poggiato sulla piccola mensola vicino alla porta d'ingresso. Mindy lo segue abbaiando.

"Dove vai? Vieni subito qui!"

Il tono autoritario con il quale Arianna la chiama, fa desistere Mindy dall'intenzione di seguire Stefano. La barboncina torna indietro e segue per un po', senza entusiasmo, la sua padrona. Ma appena Arianna supera la porta della cucina e scompare dalla sua vista, Mindy, velocissima, torna indietro, va verso il finestrone e scappa, uscendo attraverso la gattaiola. Lì per lì Arianna non se ne accorge.

28

Stefano ha quasi raggiunto il cancello d'ingresso di casa sua. Alle sue spalle, compare Mindy, che esce dal suo giardino, non senza difficoltà, attraverso le sbarre della recinzione. Mindy si ferma un attimo guardare verso Stefano, per poi lanciarsi in un muto inseguimento. Intanto Stefano è arrivato al cancello, e
inizia a cercare nella tasca destra il mazzo di chiavi che contiene sia quella del cancello piccolo, sia quella della porta d'ingresso... ma non lo trova. Cerca allora nell'altra tasca, ma trova soltanto il mazzo che contiene le chiavi della macchina, oltre a quella per aprire il cancello grande e il rispettivo telecomando. Si rende conto in quel momento di averle lasciate a casa di Arianna. Resta un attimo a pensare. Deve tornare da Arianna, ma senza portarsi dietro la metà della foto che ha in tasca. Decide allora di nascondere la fotografia, e poi di andare a riprendersi le chiavi.

Usando il telecomando, apre il cancello grande e raggiunge la macchina. Apre la portiera del posto di guida, e nasconde il pezzo di fotografia sotto il sedile dell'autista. Mindy, con il musetto poggiato contro le sbarre del cancello, che nel frattempo si è richiuso, osserva Stefano, semimmerso nell'auto, che compie quell'operazione, fino a quando non sente la voce arrabbiata della sua padrona.

"Mindy! Mindy! Dove sei?"

Stefano, sentendo la voce di Arianna che chiama Mindy, esce dalla macchina e vede la barboncina oltre le sbarre del cancello, che lo guarda agitando la coda.

Stefano, continuando a guardare Mindy, da una leggera spinta allo sportello della macchina, mentre si incammina verso il punto in cui si trova la barboncina. Ma la spinta non è sufficientemente forte, e lo sportello rimane socchiuso. Concentrato su Mindy, Stefano non se ne accorge.

Ha quasi raggiunto la barboncina, quando Arianna, con voce autoritaria, la chiama ancora una volta:

"Mindy! Mindy! Vieni subito qui!"

La barboncina rimane per un attimo indecisa, guardando in rapida successione sia verso Stefano, sia verso Arianna, ma la voce severa della sua padrona, che la chiama ancora una volta, spinge Mindy a obbedirle e a tornare di corsa a casa. Stefano esce con passo spedito dal giardino, diretto a casa di Arianna per riprendersi le chiavi, pensando che "Quella piccola peste…" come lei aveva definito Mindy, era un problema più grosso, di quanto chiunque potesse immaginare.

In quel momento Arianna sta sgridando Mindy.

"Adesso ti chiudo dentro e non ti faccio più uscire."
Mindy si avvicina ad Arianna camminando lentamente e sfiorando il pavimento con lo stomaco, in segno di sottomissione.

Con fare sbrigativo, senza mostrare nessuna forma d'intenerimento, Arianna la prende in braccio, oltrepassa il finestrone ed entra in casa lasciandolo aperto.

Arianna attraversa il salotto sempre tenendo Mindy tra le braccia. Arrivata in cucina,
la mette giù, vicino alla ciotola del cibo.

"Mettiti lì e non ti muovere." ma la voce di Arianna, per quanto minacciosa, non sortisce alcun effetto, infatti, come si distrae un attimo e riprende a svuotare le borse della spesa, Mindy esce di corsa dalla cucina. Arianna se ne accorge subito.

"Dove vai! Torna subito qui!" le intima. Niente da fare. Mindy ignorandola completamente, corre in salotto e si ferma vicino al contenitore degli accessori per pulire il caminetto. A quel punto, sollevandosi sulle zampe posteriori, si appoggia con quelle anteriori sul bordo del contenitore e tenta di afferrare con la bocca, il pezzo di fotografia che ha nascosto lì molti giorni prima, ma non vi riesce. Inizia allora ad abbaiare con rabbia perché non riesce a raggiungere il suo scopo. Arianna non tarda ad arrivare.

"Adesso ti faccio vedere io."

Le dice minacciosamente e con rabbia sincera, ma subito si accorge che il comportamento della barboncina è perlomeno insolito. Guarda la sua padrona, a tratti mugolando e a tratti abbaiando, come per chiederle aiuto, ma Arianna non capisce.

"Ma insomma! Si può sapere che cosa vuoi?"

A quel punto, Mindy compie il gesto più esplicito in suo potere, ergendosi di nuovo sulle zampe posteriori e tentando di infilare il suo musetto dentro il portaccessori, per far capire alla sua padrona, che lì c'è quello che lei desidera. Arianna, finalmente si rende conto che Mindy le sta segnalando qualcosa, che si trova all'interno del portaccessori per il camino.

"Cos'hai nascosto lì dentro. Eh? Fammi un po' vedere."

Arianna sposta Mindy, guarda dentro il portaccessori e vede il pezzo di fotografia. Lo raccoglie, difendendosi con una mano dagli assalti di Mindy che cerca di farselo dare, guarda chi è la persona ritratta nell'immagine, e subito sbianca in volto. Si tratta di Elena Zampi, poggiata sul cofano anteriore della macchina di Stefano, e in un attimo capisce tutto.

"No! Non è possibile. No! No! No!"
Grida in preda all'agitazione, senza sapere che cosa fare. Mindy, adesso, temendo di averla combinata grossa, non mugola e non abbaia, limitandosi a guardare la sua padrona con timore e in silenzio. Capisce che quell'oggetto tanto desiderato, la sta facendo soffrire. Arianna aveva capito tutto fin dall'inizio, in cuor suo però, sperava che non fosse vero, ma a quel punto restava solo la realtà dei fatti, quei fatti che la mezza fotografia appena trovata, provavano ampiamente. Improvvisamente…

"Non dirmi che non l'avevi capito."
Arianna si gira di colpo e si trova difronte Stefano. Era entrato dal finestrone che lei ha lasciato aperto.

"Dentro di te lo sapevi. Speravi, che non fosse così, ma tu lo avevi capito subito. Non dire di no."
Rimanendo fermo nel punto in cui si trova, guardando Arianna negli occhi, con uno sforzo liberatorio, confessa:

"Sì. L'ho uccisa io, ma è stata una disgrazia. Non volevo farle del male. Il vero errore, è stato accettare quell'appuntamento per restituirle il cellulare, e avere una spiegazione con lei."

Arianna, ancora con la mezza fotografia in mano, lo guarda con occhi sbarrati e fa qualche passo indietro. Stefano alza una mano con il palmo rivolto verso di lei, come per rassicurarla, prima di dire:

"No. No. Non devi aver paura di me. Non voglio farti del male. Nemmeno lei, Elena, aveva paura di me. Sapeva che non avevo alcuna intenzione di farle del male. E invece le cose tra noi sono precipitate. Assurdamente. In un attimo. Ma questo con te non succederà mai."

Arianna respira con fatica e quasi non riesce a muoversi, mentre Mindy ha ripreso ad abbaiare e a saltarle addosso, perché vuole a tutti i costi quel pezzo di fotografia, che ora è in mano alla sua padrona. A quel punto Arianna, nervosissima, esplode:

"Adesso basta! A cuccia! Subito!"

Mindy, mortificata dal duro rimprovero, va a rannicchiarsi nell'angoletto che la sua padrona le ha indicato. Quell'esplosione di rabbia contro Mindy, ha avuto su Arianna il benefico effetto di aiutarla scaricare la tensione che sta provando... almeno in parte. Recuperando il controllo di sé stessa, va a sedersi su una poltrona e guarda Stefano con l'aria di chi si aspetta una spiegazione. Ora vuole sapere tutto, ritiene di averne il diritto. Con l'atteggiamento di chi ha appena subito una disfatta totale, Stefano le chiede:

"Chiama la polizia. Confesserò tutto."

"Più tardi. Prima ne parli con me." gli impone

lei con tono risoluto.

Stefano non crede alle proprie orecchie. Era l'ultima risposta che si sarebbe aspettato da lei, in quella circostanza. La guarda sbalordito e tenta di farle capire che ormai è finita.

"No, Arianna, è inutile perdere altro tempo. Ormai non c'è..."

"Raccontami tutto." insiste lei, inflessibile.

Stefano la guarda. Non ha la forza di opporsi, percepisce che lei gli vuole offrire una scappatoia. Non sa ancora in che modo, ma ha deciso di provare a salvarlo da quella situazione, rischiando anche lei. Lui, però, non permetterà che questo accada. Sì. Le racconterà tutto, ma non le permetterà di suggerirgli delle soluzioni, convinto com'è, che l'abitazione di Arianna è piena di microfoni, quindi: lui confesserà a lei, ben sapendo che gli investigatori li stanno ascoltando. Al termine di questa dura battaglia interiore contro sé stesso, Stefano cede alla richiesta di Arianna.

"Va bene. Ti racconterò tutto."

Sedendosi su una poltrona, Stefano inizia il suo racconto.

29

"Tutto cominciò un lunedì mattina. Era Autunno inoltrato. Credo fosse la metà di novembre. Stavo lavorando. Ricordo che progettavo l'arredamento di un negozio, quando lei mi telefonò per la prima volta. Erano circa le 09,30. Mi chiamò al telefono fisso, seppi solo dopo, che aveva usato un cellulare intestato a un'altra persona. Lo fece per non lasciare traccia. Per quale motivo? Perché non voleva far sapere al figlio di noi due. Durante quella telefonata, con la quale si presentò, ci accordammo per vederci nel suo ufficio, alle 12,30 di quel lunedì, giorno in cui, la mattina, l'atelier è chiuso. Rifiutò categoricamente di venire a casa mia, nel mio studio."

Quel lunedì, alle 12,30, come avevano pattuito giorni prima, Stefano ed Elena si trovarono seduti uno difronte all'altra, sull'elegante divano, nell'altrettanto elegante ufficio del suo atelier. Stefano sta mostrando dei campioni di colore a

Elena. Lei, però, non sembra molto interessata a quel materiale, anche perché...

"Appena entrai nel suo ufficio, mi accorsi subito che non aveva bisogno d'essere ristrutturato. Quando glielo feci notare, lei gettò la maschera e senza alcuna esitazione, venne al dunque."

"In effetti è così. Del resto l'ho ristrutturato lo scorso anno. In altre parole: non è questo il motivo per cui l'ho fatta venire qui oggi."
Elena pronunciò queste ultime parole, accompagnandole con un sorriso carico di malizia.
"Perché sono qui, allora." domandò Stefano, con voluta ingenuità.
Elena, con uno sguardo carico di promesse e con voce suadente, passando dal lei al tu, proseguì la sua opera di seduzione:
"Davvero non lo capisci?"
Disse questa frase esibendo con il più amabile dei sorrisi, prima di aggiungere, quasi sussurrando:
"Dai, non prendermi in giro."
Un attimo dopo, i loro corpi erano avvinghiati in un abbraccio che toglieva il respiro a entrambi, mentre le loro bocche premevano l'una sull'altra fino a farsi male. Il divano su cui erano seduti, non era abbastanza grande da contenere il loro impeto, e dopo qualche secondo precipitarono sul

pavimento, dove diedero sfogo a tutta la loro passione.

"Quel giorno ebbe iniziò la nostra storia. Mi confessò in seguito, che si era invaghita di me già da molto tempo. Elena era una donna molto particolare e con dei comportamenti a dir poco strani, ma a me, almeno all'inizio, non creavano alcun problema. Tutta quella segretezza, mi tornava addirittura utile, perché continuavo a essere un uomo libero. Avevamo anche pattuito di ignorarci difronte agli altri. Ricordo che un giorno, mentre facevo jogging lungo il quartiere, passando davanti alla sua villa, incrociai lei con figlio e fingemmo di non conoscerci."

Stefano ed Elena, abbracciati l'uno all'altra, guardano il mare attraverso il finestrone della villa che lei aveva fuori città. L'ambiente, all'interno, è illuminato solo dalla luce tenue del tramonto. Elena si scioglie dall'abbraccio e va verso il tavolo del salone, dove sono poggiati due piccoli cellulari, di quelli senza il touch screen. Ne consegna uno a Stefano.

"Al nostro secondo incontro, portò due cellulari, uno per me e uno per lei, che dovevano servire solo per le nostre telefonate. Qualche tempo dopo, mi disse che li aveva intestati a una sua dipendente, senza che lei lo sapesse. E che il primo cellulare, con il quale mi aveva chiamato al telefono fisso di casa mia, apparteneva a una terza persona, che lo aveva dimenticato nel suo ufficio. Le sue precauzioni erano addirittura maniacali. Ben presto, la scusa che non voleva far sapere al figlio di noi due, per quanto vera, non resse più. Fu allora che mi resi conto di avere a che fare con una paranoica. Elena era una persona malata."

Stefano prosegue il suo racconto ad Arianna, mentre Mindy, che sembra aver perso il suo interesse per la mezza fotografia, continua a starsene rannicchiata nel suo angoletto in silenzio.

"Nemmeno il mio numero di telefono scritto sulla sua agendina personale, teneva. Il numero del cellulare che lei mi aveva dato, lo aveva memorizzato con un nome falso e così il suo nel mio. Nel suo, io ero Mario e nel mio, lei era Anita."

"Che fine ha fatto il cellulare che ti aveva dato?" lo interrompe Arianna.

"L'ho buttato, insieme con il suo, nel cassonetto dei rifiuti la stessa sera in cui l'ho uccisa, mentre tu parlavi con la signora Luisa."

"Dove vi incontravate."

"Di solito, nella sua villa al mare. Altre volte, poche, nel suo ufficio, dopo l'orario di chiusura dell'atelier. Andavamo con due macchine. Tutto filava liscio. Fino a quando, durante un picnic, programmato per stare soli, io e lei lontano da tutti, Elena manifestò, per la prima volta, l'intenzione di andare a vivere insieme."

Elena aspetta poggiata sul cofano della macchina di Stefano, mentre lui imposta l'autoscatto di una macchina fotografica compatta, che ha sistemato su un tavolino portatile, di quelli usati per i picnic.

"E dai! Ma quanto ci metti." Elena non amava aspettare, neanche quando era indispensabile.

"Il tempo necessario."

"Scommetti che se lo faccio io finisco in un attimo."

"Ma se non sai neanche come si adopera una macchina fotografica."

"Tu invece..."

"Eccomi arrivo."

Stefano raggiunge di corsa Elena, si appoggia anche lui sul cofano, le cinge le spalle con il braccio sinistro, rimangono così, immobili e sorridenti, ad attendere lo scatto che li immortalerà.

"Fu in quell'occasione, che scattai l'unica foto che ci ritrae insieme e che costituisce la sola prova della nostra conoscenza. E fu durante quel picnic, che lei lanciò la sua proposta di vivere insieme. Lo fece in modo semplice, diretto e senza preamboli, come sapeva fare lei."

Stefano ed Elena sono seduti per terra su un plaid, abbracciati e con la schiena poggiata contro un albero. Vicino a loro c'è un portavivande da viaggio, due bottiglie, una contiene acqua e l'altra una bevanda gassata, due bicchieri e una busta di plastica contenente gli avanzi del loro pasto. Intorno a loro vi sono delle coppie e alcune famiglie con bambini. Sullo sfondo, due piccole cascate davano al paesaggio l'aspetto di una cartolina.

"La prossima settimana mio figlio parte per l'accademia militare. Resterò sola e non lo sopporto. Non sopporto molto la gente, come ti sarai accorto, ma sopporto ancora meno la solitudine. È una contraddizione, lo so, ma è così."

"Ti mancherà tuo figlio dentro casa, però, durante il giorno, tra i dipendenti da controllare, pranzi e cene di lavoro, sei sempre in contatto con una quantità di persone. A tutto questo, aggiungi il nostro rapporto e ti accorgerai che non sei così sola."

"Ecco è proprio di questo che ti volevo parlare."

"Di cosa mi vuoi parlare, esattamente?" chiese

"Del nostro rapporto."

"Sono tutto orecchi."

Il tono con cui Elena aveva pronunciato le ultime due frasi, trasformò il disagio di Stefano in agitazione, come se il suo inconscio lo stesse mettendo in guardia contro qualcosa che non gli sarebbe piaciuto. Riuscì comunque a risponderle.

"Ultimamente ho riflettuto molto su di noi. La nostra relazione va avanti senza intoppi ormai da un anno, e tu a me piaci come non mi è mai piaciuto nessun altro uomo. Forse potremmo prendere seriamente in considerazione la possibilità di vivere insieme."

Espressa la sua intenzione, Elena, che nel farlo aveva evitato di incontrare lo sguardo di Stefano, per non cogliere in lui una qualsivoglia espressione contraria a quello che lei gli proponeva, rimase in attesa, per alcuni secondi, della sua risposta. Ma visto che Stefano, evidentemente colto di sorpresa, non rispondeva, lei prese di novo l'iniziativa e con decisione chiese:

"Allora? Tu cosa ne pensi?"

"Non so che dirti. Non ci ho mai pensato." risponde Stefano, tenendo gli occhi bassi.

"No, non devi prendere una decisione adesso. Tu pensaci, quando sei pronto, ne riparliamo." lo mise a suo agio Elena, che in realtà stava mascherando tutta la rabbia che provava per la sua risposta.

"Sì...ecco, lasciami un po' di tempo per rifletterci. Andare a vivere insieme rappresenta una rivoluzione nelle nostre vite. Bisogna pensarci bene." concluse con saggezza Stefano. In realtà, lui aveva già deciso. La sua risposta sarebbe stata no. Elena lo aveva capito, ma non lo diede a vedere. Una cosa era certa: a lei non piaceva sentirsi dire no. In questo caso, poi, era stata addirittura respinta. Anche se Stefano avesse in seguito accettato la sua proposta, quel primo rifiuto sarebbe rimasto tra loro, come una macchia, per sempre. Perché lei, Elena Zampi, doveva essere approvata sempre e subito. Le sue richieste non contemplavano rinvii né, tanto meno, rifiuti. E quell'idiota che stringeva tra le braccia e del quale si era innamorata, invece di gridare di gioia all'idea di andare a vivere con lei, le aveva chiesto del tempo per pensarci su. Non riusciva a crederci. Era assurdo. Non voleva, però, correre il rischio di perderlo, e quindi non insistette sull'argomento.

"Adesso vieni qui." così dicendo si abbandonò tra le sue braccia, baciandolo con tutta la passione che sentiva.

"Per un po' non ne parlammo più. Fino a quando, una sera, mentre cenavamo nella sua villa al mare, lei tornò sul discorso. E fu allora che la situazione iniziò a precipitare."

Nella mente di Stefano, iniziano a scorrere le immagini della sera in cui la relazione con Elena ebbe fine.

Seduti uno difronte all'altra, stavano cenando al lume di candela. Elena aveva scelto il tavolo del salone per servire quella che sarebbe diventata la loro ultima cena, perché si trovava difronte alla grande vetrata, oltre la quale un leggero chiarore, che ancora persisteva nel cielo, illuminava, anche se debolmente, il mare. Tutto cominciò con la semplice domanda, che lei mi fece in un momento in cui era calato il silenzio tra di noi.

"Allora, ci hai pensato?"
Stefano capì subito a cosa si riferiva, ma finse di non capire.

"A cosa?"

"Alla possibilità di vivere insieme."

"Sì. E penso che sia meglio di no! Non credo che funzionerebbe." rispose trovando la forza di rifiutare la sua proposta, in modo altrettanto semplice, diretto e senza preamboli, proprio come aveva fatto lei, quando gli aveva chiesto di vivere insieme.

Il volto di Elena cambiò espressione. Diventò durissimo. Poi, con uno stiramento di labbra, che nulla aveva a che vedere con il suo sorriso di sempre, disse:

"Bene, se la pensi così, allora non se ne fa niente. D'altra parte per vivere insieme, bisogna essere in due a volerlo."

Stefano, prima di proseguire il racconto, si ferma per qualche secondo, come se avesse bisogno di prendere fiato. Arianna lo guarda senza dire niente, fino a quando Stefano, con un tono di voce sempre più rassegnato, riprende a raccontare:

"Ma Elena non era il tipo da accettare un rifiuto, quando desiderava qualcosa, o qualcuno, come nel caso mio. E così, di lì a poco cominciò con i dispetti. All'inizio si limitò a qualche telefonata offensiva. Col tempo si trasformò in una vera e propria stalker, fino ad arrivare al famoso foglio bianco di carta A3, affisso sul cancello di casa mia, sul quale Elena aveva attaccato due calze a rete nere, sotto la scritta a caratteri cubitali: sei un pervertito."

Detto questo, Stefano guardò Arianna come se si fosse ricordato della sua presenza in quel momento, e con aria incredula le domandò:

"Tu sapevi tutto questo e hai accettato il mio corteggiamento lo stesso. Potevo essere veramente un pervertito. E comunque, sono un assassino."

"Vedi Stefano, io sono una donna e come tale riconosco subito la rabbia e il risentimento femminile. Pensai subito che dietro quel cartello ci fosse il risentimento di una donna lasciata, o magari la vendetta di un uomo, un rivale in amore. Del fatto che sei un assassino, parliamo quando avrai finito il tuo racconto. Vai avanti."

La determinazione che c'era nelle parole di Arianna, lo spronarono a proseguire. Adesso arrivava, per lui, la parte più difficile.

"Fu proprio dopo l'episodio del cartello con

quella scritta, che decisi di recarmi a casa sua, per un chiarimento definitivo... Non l'avessi mai fatto!"

30

È sera. Stefano cammina verso casa di Elena. Oltre lui, non c'è anima viva.

"Le telefonai e ci mettemmo d'accordo per vederci a ora di cena. Fu lei a deciderlo, perché nessuno mi avrebbe visto andare da lei, disse. Infatti, lungo la strada non c'era nessuno. Andavo a casa sua per la prima volta da quando la conoscevo."

Arrivato davanti al cancello, Stefano preme il pulsante del citofono. Dopo pochi secondi lo scatto della serratura automatica lo avverte che il cancello è stato aperto. Controvoglia, supera quel primo varco e raggiunge la porta d'ingresso. È sul punto di suonare il campanello, ma la porta si apre da sola e davanti ai suoi occhi compare Elena, più bella che mai. Senza dire una parola, si sposta di lato e lo fa entrare. Dopodiché, precedendolo, lo guida fino al salotto sempre senza dire una parola. Stefano nota subito la fotografia di loro due sopra il piccolo mobile, prende in mano la cornice, la osserva per qualche secondo, dopodiché la rimette al suo posto e si gira a guardare Elena, già comodamente seduta su una poltrona.

"Accomodati."

Senza rispondere, Stefano mette sul tavolo il cellulare che Elena gli aveva dato all'inizio della loro relazione.

"Tieni. Questo è tuo. A me non serve più. Dallo a qualcun altro." le dice Stefano, con il tono di chi dà il benservito a una persona con la quale non vuole più avere a che fare.

"Stefano non provocarmi in questo modo." risponde lei con voce minacciosa.

"Senti, senti. Adesso sono io quello che provoca."

"E dimmelo che hai un'altra donna."

"Te lo direi, se l'avessi."

"No. Tu non me lo dici, perché hai paura che io ti crei dei problemi."

"Perché, non ne saresti capace?"

"Certo che ne sarei capace. Cosa credi, che io sia una donna del tipo usa e getta?"

"E tu cosa credi, di fare di me il tuo schiavo? È arrivata la signora ti scopo quando voglio, anzi già che ci siamo sai cosa faccio? Ti sposo così mi fai anche il bidè. Ma cosa ti dice la testa, Elena."

"E smettila di fare il cretino e comportati da uomo."

"Certo, quando tu imparerai a comportarti come una donna. L'età ce l'hai, mi sembra." conclude Stefano con cattiveria.

"Senti Stefano, adesso comincio davvero a non poterne più."
Tenendole testa.

"Allora siamo in due."

"Così non mi lasci scelta."
Elena sembra proprio sul punto di esplodere, ma Stefano non si lascia intimorire.

"Te la do io una scelta, sparisci dalla mia vita. Per sempre. Fai questo favore a me e a te."
Elena diventa sempre più minacciosa, è rossa in viso e gli occhi sembrano sul punto di schizzarle fuori dalle orbite.

"Stefano, te l'ho già detto, tu non sai di cosa sono capace."

"Si me l'hai già detto e facevi bene a stare zitta, perché sei tu quella che ha da perdere di più. Io vado dove voglio, con chi voglio e quando voglio, alla faccia tua. È chiaro?"

"Se tu pensi che mi faccia dare il benservito in questo modo, da uno stronzetto come te, ti sbagli di grosso. Perciò sarà meglio che ti dai una calmata e che ci ripensi."

"Ripensare a cosa, ma guardati, hai cinquantacinque anni. Quanto tempo credi che ti sia rimasto, prima di diventare una vecchia. Non voglio svegliarmi la mattina e trovarmi vicino un essere irriconoscibile e pieno di rughe, quindi quel che è stato è stato, ma adesso ognuno per la sua strada."

Mentre pronuncia queste parole, Stefano si gira per andarsene e non vede Elena, con il viso sconvolto dalla rabbia, che si alza dalla poltrona, afferra la piramide di cristallo che è posata sul tavolino, gridando con voce piena d'odio:

"Maledetto!"

Quella parola, gridata con rabbia alle sue spalle, desta l'istinto di conservazione di Stefano, che si gira di scatto verso Elena, giusto in tempo per vederla mentre vibra il colpo, con il pesante oggetto. Stefano fa appena in tempo a piegarsi in avanti e ad ammortizzare, in quel modo, l'effetto del colpo, che resta comunque molto forte.

"Così impari a mancarmi di rispetto. E stai attento, perché il prossimo te lo do usando la punta." grida con rabbia Elena.

Stefano si porta le mani alla testa e si piega sulle ginocchia, fissando Elena con odio, attraverso il velo di lacrime sceso sui suoi occhi. Lei è lì, piantata difronte a lui e lo guarda con aria di sfida, sorridendo beffarda, mentre, a voce alta e minacciosa, lo aggredisce verbalmente.

"Non permetterti mai più di parlarmi in quel modo, altrimenti io ti..."

Elena non riesce a finire la frase. Sopraffatto dal dolore lancinante, Stefano non riesce a trattenere la sua rabbia e colpisce Elena con un pugno alla mascella, facendola cadere all'indietro. Elena, urta violentemente con la nuca lo spigolo del tavolino, e finisce stesa sul pavimento della stanza. Subìto, da sotto la testa di Elena, una macchia rossa inizia a prendere forma allargandosi velocemente sul pavimento. Sconvolto, Stefano si china su di lei chiamandola:

"Elena. Elena. – urlando - Elena!"

Elena non potrà rispondergli mai più: è morta. Lentamente si alza e muovendosi all'indietro come un automa, si siede stancamente sul bordo della poltrona.

31

Sotto lo sguardo di Arianna, velato ora da un'espressione triste, Stefano termina il suo racconto.

"Restai lì, fermo in quella posizione, incapace di fare altro, per diversi minuti. Consapevole che per ogni secondo che passava, rischiavo sempre di più. Avrei dovuto chiamare subito la polizia. Sarebbe stato molto meglio."

"L'istinto di conservazione ha preso il sopravvento. Hai pensato solo a salvarti. È normale. Cos'hai fatto dopo."

Stefano, le racconta di come pulì le tracce della sua presenza, e di come fece sparire le prove che lui ed Elena, si conoscevano.

"Quando tornai a casa, mi accorsi che mancava una metà della fotografia che avevo strappato in due pezzi. Allora uscii di nuovo per cercarla."

Stefano prosegue il suo racconto descrivendo il suo incontro con Mindy, che gli aveva rubato la mezza fotografia.

"Il resto lo sai."

Appena termina il suo racconto, Stefano dice:

"Come ti ho già detto, avrei dovuto chiamare la polizia subito. Sarebbe stato molto meglio. Lo faccio adesso. Terranno conto di una confessione spontanea, anche se in ritardo."

Detto questo, Stefano estrae dalla sua tasca il cellulare.

"Del resto non è stato un delitto premeditato. Lei mi ha aggredito con un'arma impropria, e io ho reagito accecato dal dolore e dalla rabbia. Forse me la cavo con poco." conclude Stefano, augurando a sé stesso un quasi lieto fine.

Arianna lo osserva in silenzio mentre forma il numero della polizia, in breve, però, Stefano si rende conto che non c'è campo.

"Non funziona. È come se fossimo isolati."

Arianna ignora queste ultime parole di Stefano, e riprende il discorso da dove lui l'ha interrotto, fornendo la sua interpretazione dei fatti.

"Si è trattato di un'assurda disgrazia! Non devi rovinare la tua vita per questo!"

Provando un'ammirazione sconfinata, per quella donna che il destino gli aveva fatto incontrare in circostanze così poco favorevoli e che, quasi sicuramente, di lì a poco avrebbe perso, Stefano tentò ancora di farle capire che era finita.

"Arianna è inutile. Hanno già sentito e registrato tutto. Questa stanza è sicuramente piena di microspie - Stefano fa un gesto circolare con l'indice della mano destra rivolto verso l'alto, come per indicarne la presenza - proprio come casa mia."

Senza scomporsi, Arianna si alza dalla poltrona, si avvicina a Stefano e tira fuori dalla tasca il Jammer procuratole da Edoardo.

"Lo avevo previsto."

"Che cos'è?" domanda Stefano.

"Si chiama Jammer. È un disturbatore di frequenze. L'ho attivato prima che tu arrivassi. Volevo evitare che parlando, facessi delle affermazioni compromettenti. Invece hai addirittura confessato."

Stefano guarda la donna che ha difronte, sa che si chiama Arianna, la frequenta ormai abitualmente, hanno fatto l'amore, ma ancora non la conosce. Si rende conto in quel momento, che lei aveva capito tutto e pur sapendo che lui è un assassino, aveva agito, senza dirgli niente e rischiando di persona, per riuscire a salvarlo. Sarebbe mai riuscito a ricambiare tutto questo? In quel momento riuscì soltanto a dire:

"Io non so più cosa pensare, ma chi sei veramente."

"Una donna che non ti vuole perdere. Solo questo."

Arianna si alza dalla poltrona e restituisce a Stefano la mezza fotografia, dicendo:

"Adesso decidi tu."

"Solo un pazzo potrebbe rinunciare a te."

Arianna gli getta le braccia al collo e lo bacia. La

passione travolge Stefano, che risponde a quel bacio senza pensare più a niente e lascia cadere dalle sue mani, il pezzo di fotografia. Mindy, che nel frattempo si è tirata su e vede lì per terra, a pochi centimetri da lei, quell'oggetto tanto desiderato, non sa resistere alla tentazione. Lentamente lo raggiunge, lo addenta e fugge via attraverso il finestrone ancora aperto. Stefano e Arianna, stretti l'uno all'altra, non se ne accorgono.

Mindy, tenendo saldamente tra i denti la mezza fotografia, esce attraverso il cancello lasciato aperto da Stefano e prosegue tranquillamente lungo il marciapiede. D'un tratto, la barboncina vede la signora Luisa ferma davanti al cancello di casa sua, con le borse della spesa in mano. La barboncina comincia a scodinzolare e a mugolare, fino a quando la signora Luisa non si accorge di lei.

"Ciao Mindy. Cosa fai in giro da sola. Vieni qui!"
Mindy inizia a correre e raggiunge la signora Luisa, la quale, pur accorgendosi che la barboncina ha qualcosa in bocca, non se ne cura e si limita ad accarezzarla. Mindy, però, si alza sulle zampe posteriori e muove la testa mettendo in mostra la mezza fotografia, come se fosse un trofeo da esibire, fino a quando la signora Luisa capisce quello che vuole, e sposta la sua attenzione su quell'oggetto.

"Ma cos'hai, in bocca. Cos'hai raccolto questa volta. Fammi vedere."

Senza esitare oltre, la signora Luisa toglie dalla bocca di Mindy la mezza fotografia e guarda l'immagine con attenzione. Di colpo il suo viso cambia espressione e la paura prende il sopravvento su ogni altro sentimento, come se in quell'immagine parziale, vi fosse ritratto il diavolo. Riconosce subito Elena Zampi, poggiata sul cofano di una macchina uguale a quella di Stefano Landi.

"Oddio!"

La signora Luisa comincia ad ansimare. È spaventatissima.

"Questa è la macchina del signor Landi. Sì, sono sicura che è la sua."

Osservando ancora la mezza immagine, si rende conto che modello e colore, sono identici alla macchina di Stefano. Mindy comincia a saltarle intorno, reclamando in quel modo la restituzione della fotografia. La signora Luisa la ignora e guarda verso la villa di Arianna. Vede il cancello aperto e intravede, oltre il finestrone socchiuso, lei e Stefano stretti l'uno all'altra. Gli occhi della donna assumono un'espressione piena di rabbia, le sue labbra si piegano formando un ghigno che esprime decisione e aggressività, mentre parlando a se stessa dice:

"Lo dicevo io che è stato lui. Brutta carogna."

Freneticamente apre il suo cancello, entra nel

giardino seguita da Mindy che continua a saltarle intorno abbaiando, e raggiunge la porta d'ingresso. Tenta di infilare la chiave nella serratura, ma dal nervosismo il mazzo di chiavi le cade dalle mani e finisce sullo zerbino. Mentre si piega a raccoglierlo, con l'altra mano preme nervosamente il pulsante del campanello.

"Accidenti! Accidenti!" impreca ormai completamente in balia del suo nervosismo. Mindy abbaia sempre più forte e tenta di riprendersi quello che è suo. Intanto, alla signora Luisa, che non riesce più a connettere, cadono di nuovo le chiavi dalle mani. Inizia allora a suonare istericamente il campanello, mentre con l'altra mano, piegandosi sulle gambe, cerca di prendere il mazzo di chiavi. Dall'interno, intanto, si sente la voce seccata di suo marito.

"Calma! Calma! Sto arrivando!"

"Muoviti! Accidenti. Muoviti!" ordina urlando la signora Luisa.

"T'ho detto che sto arrivando!" si ribella il marito urlando anche lui.

Il signor Fausto fa appena in tempo a socchiudere la porta, prima che la moglie irrompa nell'appartamento come se fosse inseguita da un leone, lasciando cadere le borse della spesa sul pavimento, urtando violentemente contro di lui e lanciandosi letteralmente verso il telefono, che si trova su un mobiletto situato proprio nell'ingresso.

"Il telefono! Il telefono! Devo chiamare la polizia. Subito!"

"Perché, cos'è successo! E poi perché non hai usato il cellulare, se avevi tutta questa fretta."

"Perché sono più sicura in casa."

Mindy la segue abbaiando a più non posso, saltellando qua e là per evitare quanto è uscito dalle borse della spesa, che la signora Luisa ha posato per terra senza molta cura.

"Ma si può sapere cos'è successo. Non sarai mica diventata matta!"

La signora Luisa porge al marito il pezzo di fotografia che ha preso a Mindy. La barboncina, ormai fuori di se, compie salti acrobatici nel tentativo di riprendersela, ma a nulla le servono. L'immagine di Elena, passa dalla mano della signora Luisa, a quella del marito, sotto lo sguardo impotente della barboncina

"Tieni guarda. E poi dimmi se sono matta. Quella è Elena Zampi poggiata sulla macchina di Stefano Landi. Il braccio che vedi sulla spalla di lei, appartiene a lui. Ne sono sicura."

"Dove l'hai presa."

"L'aveva in bocca Mindy."

Sentendosi preso in giro.

"Non scherzare."

"Non scherzo. Ti dico che l'aveva in bocca Mindy. Dove vuoi che l'abbia presa io".

"Nell'unico posto in cui la potevi prendere, in bocca a Mindy." ironizza il signor Fausto.

Mentre la signora Luisa compone il numero del 113, il marito osserva attentamente la mezza foto. In attesa che dalla sala operativa le rispondano, guarda il marito. Nonostante l'agitazione, si accorge che lui ha cambiato espressione. Raramente, in tanti anni di vita in comune, aveva visto nel suo volto quell'espressione preoccupata.

"Allora, sono matta?" domanda lei incalzandolo.

"No. Chiama la polizia." le risponde continuando a guardare quell'immagine incompleta.

Mindy, arrabbiatissima, continua a saltare abbaiando, nel vano tentativo di riprendersi la mezza fotografia, che il signor Fausto continua a osservare attentamente, mentre sua moglie, quasi senza riuscire a respirare, ripete senza sosta:

"Lo dicevo io che è stato lui! Lo dicevo!"

In quel momento, l'operatore del 113 risponde.

"Centotredici. Pronto?"

"Sì, pronto. Sono la signora Renda, Luisa Renda, devo parlare urgentemente con il Commissario Antonio Marini. Ho notizie importanti sull'omicidio di Elena Zampi."

"Rimanga in linea. Prego."

Mentre ascolta la risposta dell'Operatore del 113, la signora Luisa si accorge che la porta d'ingresso è ancora aperta. Di colpo lascia cadere la cornetta gridando terrorizzata:

"No! No! No!", e si lancia con le braccia tese

verso la porta, chiudendola con tutta la forza che ha.

Appena chiusa la porta, Mindy vi si scaglia contro e, raspando con le zampe sulla superficie, abbaia perché vuole uscire, mentre la signora Luisa vi rimane poggiata contro, premendo su di essa con la schiena, come se volesse impedire a qualcuno di entrare. Il tutto sotto lo sguardo esterrefatto del marito.

"Calmati! Calmati!"

Le dice vedendola così agitata, mentre raccoglie la cornetta che penzola nel vuoto e se la porta all'orecchio.

"Come faccio a stare calma! Quello ammazza anche noi!

"Quello non ammazza proprio nessuno." cerca di rassicurarla il marito.

A questo punto, attraverso la cornetta telefonica, si sente la voce del Commissario Antonio Marini:

"Quello chi, non deve ammazzare nessuno?"

"Oh, Dottor Marini, buon giorno. Sono Fausto Renda, le passo subito mia moglie. Glielo spiegherà lei."

La signora Luisa si lancia sulla cornetta che il marito le porge, come poco prima si era lanciata sulla porta e, ansimando, inizia a parlare con il Commissario Marini.

"Pronto, Commissario. Sono Luisa Renda, si ricorda di me, vero? Sono la vicina di casa della povera signora Zampi. Mi aveva detto di chiamarla subito, se ci fossero state delle novità."

32

Stefano e Arianna, sono ancora stretti l'uno all'altra. È Stefano, a interrompere quell'idillio, per guardarla negli occhi con infinito amore e chiederle ancora una volta:

"Pensaci bene. Io sono un assassino e tu così diventi mia complice."

"Io non divento complice di nessuno, perché ho creduto a quello che mi hai detto, cioè che sei innocente. Questo dirò, in caso t'incastrassero. Poi reciterei la parte di quella che si è fidata dell'uomo sbagliato, e che scopre in quel momento chi è veramente."

"Qui non si tratta di mentire oggi e poi basta. Se tu fai questa scelta, dovrai mentire per sempre. Te la senti?"

"Stefano, se quella fotografia strappata in due, è tutto ciò che può collegarti a Elena Zampi, allora dobbiamo solo affrettarci a farla sparire."

Stefano la guarda intensamente negli occhi e ancora una volta la ammonisce:

"Sarà dura?"

"Insieme ce la faremo." risponde lei incoraggiandolo. Subito dopo cerca ancora rifugio tra le sue braccia. Stretti l'uno all'altra, non hanno modo di veder passare, oltre il finestrone, una volante della polizia con il lampeggiante in funzione.

La volante procede ancora per un po', prima di fermarsi difronte alla casa dei Renda. I due poliziotti che vi sono dentro, scendono e si dirigono verso il cancello della villa. Prima che uno dei due possa premere il pulsante del citofono, il rumore del cancello che si apre, contemporaneamente alla porta d'ingresso dell'abitazione, lo rende superfluo. L'attimo dopo Mindy esce abbaiando, finalmente libera, seguita dalla signora Luisa e dal marito.

"Meno male che siete qui!" dice la donna esultando, come se dalla loro presenza dipendesse la sua stessa vita.

I due poliziotti entrano nel giardino e vanno incontro alla signora Luisa, che ha distanziato il marito di alcuni metri. Mindy la precede di poco e continua ad abbaiare e a saltare, guardando la mezza fotografia che è in mano alla padrona di casa.

"Buon giorno. È lei la signora Luisa Renda?"

"Si sono io."

"Lei mi deve dare qualcosa, vero?" domanda il Poliziotto.

La signora Luisa dà al Poliziotto la mezza foto.

"Ecco. La tenga lei. È meglio."

Da quel momento l'interesse di Mindy si sposta sul Poliziotto.

"Il Commissario Marini sta arrivando? Nel frattempo ci dice cosa è successo esattamente?"

Arriva anche il signor Fausto. Nessuno dei due poliziotti sembra accorgersene. La loro attenzione è tutta per la moglie. Neanche Mindy, sembra essere notata dai due uomini in divisa, nonostante i suoi esasperati tentativi di attirare l'attenzione, abbaiando e saltando senza sosta.

Arianna, sentendo da lontano la voce di un piccolo cane che abbaia, si scioglie dall'abbraccio di Stefano e si guarda intorno allarmata.

"Ma…dov'è Mindy!" esclama con timore, mentre raggiunge il finestrone.

Un attimo dopo dice:

"Stefano, vieni a vedere."

"Che c'è." chiede lui, preoccupato.

"Guarda."

Stefano si avvicina al finestrone e guarda oltre i vetri.

La signora Luisa e il signor Fausto, stanno parlando con i due poliziotti. Mindy abbaia e salta cercando di ottenere un po' di attenzione, come se volesse qualcosa, ma Arianna non riesce a capire cosa e da chi, in quel gruppo. Poi si rende conto che sono tutti concentrati su qualcosa di molto piccolo, che in quel momento è in mano a uno dei due poliziotti. Si tratta di un oggetto impossibile da distinguere a quella distanza, ma Arianna non ha bisogno di vederlo da vicino, per capire che cos'è. Le basta osservare il comportamento di Mindy. Inoltre, tutti i componenti del gruppo, continuano a lanciare brevi occhiate verso la sua abitazione, il motivo di tanto interesse, può essere uno solo, l'oggetto che ha in mano il poliziotto: è la mezza fotografia.

"Mindy vuole qualcosa che uno dei due poliziotti ha in mano, ed io temo di sapere cosa." afferma Arianna con un autocontrollo di cui non credeva nemmeno lei d'essere capace. Detto questo si gira a guardare Stefano.

"Dov'è la mezza fotografia?" chiede con il tono di voce di chi conosce già la risposta.

"Ce l'ho in tasca." risponde con voce incerta, Stefano.

"Sicuro? Controlla."
Stefano cerca con le mani nelle tasche, ma non la trova.

"No, no, adesso ricordo, l'ho lasciata cadere sul pavimento quando ci siamo abbracciati. Ora la cerco. Magari è sotto una di queste poltrone."
Stefano inizia a spostare una poltrona. Arianna lo guarda impassibile e lo lascia fare per un po', prima di dire con voce fredda:

"È inutile che la cerchi. L'ha presa Mindy. E adesso è nelle mani di quei due poliziotti."

"Nooo! Cazzo! Nooo! Nooo!"

Esclama Stefano con disperazione, prendendosi la testa tra le mani. Arianna gli si avvicina e accarezzandolo dolcemente, dice:

"Stefano, adesso c'è solo una cosa da fare."

"Cosa?"

Con determinazione:

"Affrontare la situazione."

Si guardano.

"Andiamo?" dice lei.

"Andiamo." risponde lui, molto meno determinato.

Detto questo, insieme escono dall'appartamento tenendosi per mano.

Una macchina civile della polizia, con all'interno il Commissario Marini e l'Ispettore Santi, passa davanti alla villa di Arianna proprio mentre lei e Stefano escono dal cancello. Nessuno dei due poliziotti li ha visti. La macchina prosegue e si ferma dietro la volante di servizio, parcheggiata davanti alla casa dei Renda.

Anche Stefano e Arianna, sempre tenendosi per mano, proseguono verso la villa dei coniugi Renda.

"Tieni presente, che per ora hanno in mano solo mezza fotografia, nella quale tu non ci sei e la targa della tua macchina è coperta. Secondo me ce la fai a venirne fuori, se non perdi la calma.

Metticela tutta. Fallo per me."

"Tu sei l'unica cosa per la quale vale la pena di lottare."

Il Commissario Marini e l'Ispettore Santi, scendono dalla macchina e si avvicinano ai coniugi Renda. Uno dei due agenti consegna la mezza fotografia al Commissario, il quale la osserva attentamente, prima di passarla all'Ispettore Santi. Nel frattempo, Mindy vede Arianna con Stefano, subito lascia il gruppo e corre verso di loro. Una volta raggiunti, la barboncina inizia ad abbaiare ancora di più, precedendoli di poco, come se volesse essere seguita e far loro vedere dov'è l'oggetto che ha portato via. I quattro poliziotti, intanto, lasciano i coniugi Renda e iniziano a camminare verso Arianna e Stefano.

Durante quel breve percorso, il Commissario Marini parla brevemente con uno dei due agenti, il quale si stacca dal gruppo, raggiunge la macchina di servizio e inizia a comunicare via radio con la centrale. Nel frattempo, il Commissario ha preso il suo cellulare e adesso sta parlando con qualcuno.

Arianna capisce cosa sta accadendo, e lo dice a Stefano:

"Secondo me sta parlando con il Magistrato. Preparati a una nuova perquisizione. Forse verremo anche portati in Questura e trattenuti in stato di fermo."

Davanti al cancello della casa di Stefano, si forma il nuovo gruppo. Il Commissario, termina proprio in quel momento la sua telefonata, poi, ignorando completamente Arianna, guarda Stefano con aria severa e senza preamboli, mostrandogli la mezza foto, chiede:

"Riconosce questa donna?"

"Sì. È Elena Zampi."

"Signor Landi, è sua la macchina su cui è poggiata la signora Zampi?"

"No."

"Dalla foto sembra proprio la sua."

"No, solo il colore e il modello sono uguali, ma non è la mia macchina."

"No, eh? E poi la targa è coperta dalle gambe della vittima, quindi come facciamo a dimostrare che è la sua." sintetizza con ironia il Dottor Marini.

"Non potreste in ogni caso, perché non è la mia." insiste Stefano mantenendo un atteggiamento sicuro.

"Bel ritornello, complimenti. "
Rivolto ad Arianna.

"Signorina Conti, questa mezza foto, perché era in bocca al suo cane? Me lo spiega per favore?"
Stefano interviene.

"No. Lasci stare lei. Arianna non c'entra."

"Ah, ecco. Era ora. E chi c'entra, allora, me lo dica, su?"

"Non ho niente da dirle."

"A no? Ascolti me, allora. Abbiamo accertato, che la signora Zampi aveva un amante di quindici anni più giovane, che era un architetto, ora abbiamo questa mezza fotografia, che la ritrae poggiata su una macchina uguale alla sua, che è stata trovata in bocca al cane di proprietà della signorina Conti, con la quale lei intrattiene una relazione sentimentale. È proprio sicuro di non avere niente da dirci?"

"Sì. Sono sicuro. Non ho niente da dirvi."

"Guardi che se non collabora, oltre a lei, potrebbe finire nei guai anche la signorina Conti." lo avverte il Commissario.

"Sa, Dottor Marini, esistono gli avvocati e i processi, e anche le persone sicure di sé e che non hanno paura, perché non hanno motivo di averne" interviene Arianna con tono di sfida.

"Sa, signorina Conti, esistono anche le sentenze e le condanne."

"Le sentenze possono assolvere o condannare."

"Questo lo deve tener presente lei."
Rivolto di nuovo a Stefano, il Commissario insiste:

"Dov'è l'altra metà della foto."

"Non lo so. Quella foto non è mia."

"Infatti. È stata sottratta dal salotto della povera signora Zampi."

"Non sono stato io."

"Io credo di sì. Sono appena stato autorizzato

telefonicamente dal Magistrato a perquisire le vostre abitazioni. Quell'agente che vedete laggiù, vicino alla macchina di servizio, ha appena richiesto venti agenti di supporto, per eseguire questa operazione, che stanno per arrivare. Vi assicuro che troveremo l'altra mezza fotografia. Perché lei non l'ha buttata, vero?"

"Come potevo buttarla, se non l'ho mai avuta." continuare ad apparire sincero, sta diventando per Stefano sempre più difficile.

"Chiamate i vostri Avvocati, se volete che qualcuno assista alla perquisizione."
Mindy abbaia con l'intenzione di farsi dare la mezza fotografia, che è nelle mani del Commissario Marini. Arianna, già sottopressione per la situazione che sta vivendo, perde il controllo ed esplode.

"Smettila Mindy!" urla alla barboncina.
Mindy smette subito di abbaiare. Osserva ancora per un po' il pezzo di fotografia nelle mani del Commissario, poi oltrepassa il cancello ed entra nel giardino della villa di Stefano, mentre il Dottor Marini, rivolto ad Arianna, osservandola con atteggiamento inquisitorio, provocatoriamente le dice:

"Mi sembra un po' nervosa."

"Mi sembra che ci sia più di un motivo, per esserlo." replica Arianna ricalcando in parte le parole del Commissario.

"Ce ne sono molti più di uno, ma voi ancora

non ve ne rendete conto fino in fondo." risponde inflessibile, il Commissario Marini.

Nel frattempo, Mindy, raggiunta la macchina di Stefano, infila entrambe le zampette anteriori dentro quei pochi centimetri di fessura, rimasti tra lo sportello, non completamente chiuso, e la parte fissa della carrozzeria, iniziando poi a spingere, fino a quando lo sportello si apre quel tanto che basta, da permetterle di entrare nell'abitacolo della vettura. Mindy, annusando, trova subito quello che cerca. Sotto il sedile dell'autista, c'è l'altra metà della fotografia. La barboncina lo afferra con i denti ed esce dalla macchina.

Con l'altro pezzo di fotografia in bocca, corre lungo il giardino verso il gruppo di persone che aveva lasciato poco prima.

Intanto, il Commissario Marini, continua a incalzare Stefano che tenta in tutti i modi di tenergli testa:

"Come potevo tenere segreta una relazione con la Signora Zampi! Abitava a pochi metri da me!"

"Per esempio, incontrandovi solo nel suo ufficio dopo la chiusura del negozio, o nella sua casa al mare. La signora Zampi era gelosissima della sua vita privata."

Arriva Mindy. Nessuno fa caso a lei, anche se inizia a ringhiare per farsi notare.

È Arianna, a vedere per prima cos'ha in bocca Mindy, e a riconoscere in quella mezza immagine il volto sorridente di Stefano. Appena Mindy si sente osservata da Arianna, le si avvicina come se volesse farle vedere cos'ha in bocca. Quasi un gesto trionfale per essere riuscita, alla fine, a ottenere ciò che desiderava. Intanto Stefano risponde al Commissario Marini.

"Già era paranoica. Così l'avete definita, mi sembra."

"Io non lo so se era paranoica. Ce lo dica lei."

"Sono un architetto, non uno psicologo. E poi, siete voi che avete parlato con le persone che la conoscevano."

"Andiamo signor Landi, la smetta con questa commedia e ci dica una buona volta com'è andata."

"State perdendo il vostro tempo. Non sono io l'assassino."

Arianna, senza muovere la testa, abbassa gli occhi e guarda la mezza fotografia in bocca a Mindy. L'Ispettore Santi se ne accorge, istintivamente guarda verso Mindy e vede cos'ha in bocca. Il poliziotto, con un gesto deciso, si piega sulle gambe, blocca Mindy e le toglie di bocca l'altra mezza foto.

"Per ogni minuto che passa, lei è sempre di più nei guai. Se ne renda conto."

"La nostra discussione finisce qui. Da questo momento in poi parlerò solo in presenza del mio avvocato."

"È un suo diritto. Come le ho già detto."

L'Ispettore Santi interviene:

"Ora più che mai ne avrà bisogno."

Dicendo questo, porge l'altra mezza foto al suo superiore, precisando:

"L'aveva in bocca Mindy, tanto per cambiare."

Il Commissario Marini guarda il nuovo pezzo di fotografia, poi lo congiunge con l'altro, ricomponendo così la fotografia per intero, quindi la gira verso Stefano e con fredda ironia gli chiede:

"Signor Landi, per caso, conosce quest'uomo?"

Stefano osserva per un po' la fotografia senza dire niente, mentre i suoi occhi si velano di lacrime. Mindy lo guarda e mugola sommessamente, come se avesse capito d'aver combinato qualcosa di grosso. Stefano abbassa lo sguardo, osserva Mindy e inizia a ridere prima sommessamente, poi sempre con maggiore intensità, piegandosi lentamente sulle ginocchia. Ormai preda di una risata isterica irrefrenabile e con il viso inondato di lacrime, Stefano abbraccia la barboncina, ripetendo, sotto lo sguardo attento di tutti i presenti:

"Mindy... Mindy… Hai imparato finalmente. Brava, Mindy. Brava."

FINE

Printed in Great Britain
by Amazon